# 赤い鳥

# 3年生

赤い鳥の会：編

小峰書店

# はじめに

「赤い鳥」は鈴木三重吉《すずきみえきち》という名高い文学者が、大正七年（一九一八）にはじめた、童話《どうわ》と詩《し》の雑誌《ざっし》で、十八年もつづき、百九十六さつもでました。

「赤い鳥」には、そのころの一流の文学者が心をこめて作品を書きました。すぐれた人びとが、こぞって、児童のために文学雑誌をそだてつづけたのが「赤い鳥」です。ですから、今でも、わたくしたちの生きていくために大事なことがらを教えてくれる、すぐれた童話や詩がたくさんのっています。

わたしたちは、この「赤い鳥」の中から、よいものばかりをえらんで、六さつの本をつくりました。これは、その一さつです。

赤い鳥の会

もくじ

はじめに ―― 1
サザナミ(詩) ―― 北原白秋 6
月夜とめがね ―― 小川未明 8
きこりとその妹 ―― 久保田万太郎 21
ボール(詩) ―― 小林純一 30
まほうのテーブル ―― 平塚武二 32
病気《びょうき》の夜(詩) ―― 清水たみ子 44
丘《おか》の家 ―― 丹野てい子 46
わに ―― 小野 浩 57

道（詩）――与田準一 70
ビワの実《み》――坪田譲治 72
月と水（詩）――原　勝利 92
正坊《しょうぼう》とクロ――新美南吉 94
てんぐわらい――豊島与志雄 109
お山の大将《たいしょう》（詩）――西條八十 126
大時計――今井鑑二 128
とらとこじき――鈴木三重吉 147
かいせつ――160

渡辺洋二　装画
井口文秀　まほうのテーブル／ビワの実
小沢良吉　わに／とらとこじき
深澤紅子　きこりとその妹／大時計
深澤省三　丘の家／正坊とクロ
渡辺三郎　月夜とめがね／てんぐわらい
早川良雄　サザナミ／ボール／病気の夜
　　　　　道／月と水／お山の大将
杉浦範茂　ブックデザイン

# 赤い鳥 3年生

# サザナミ

北原白秋《きたはらはくしゅう》

サザナミ　ヨ、
ギン　ノ　サザナミ。
チラチラチラ、
ウゴク　サザナミ
サザナミ　ノ
ヒカル　ホウ　カラ。

ホラ、ミテル、
ミンナ　サカナ　ダ
ワラッテル、
メ　ガ　ヒカッテル。
アオイ　ソラ、
トオイ　オキ　カラ、
トントト　ト、
オト　モ　シテイル。

# 月夜とめがね

小《お》川《がわ》未《み》明《めい》

町も、野も、いたるところ、緑《みどり》の葉《は》につつまれているころでありました。

おだやかな、月のいいばんのことであります。しずかな町のはずれにおばあさんはすんでいましたが、おばあさんは、ただ一人、まどの下にすわって、針《はり》仕《し》事《ごと》をしていました。

ランプの火が、あたりを平《へい》和《わ》にてらしていました。おばあさんは、もういい年でありましたから、目がかすんで、針《はり》のみぞによく糸《いと》が通らないので、ランプの火に、いくたびもすかしてながめたり、またしわのよった指《ゆび》さきで、ほそい糸をよったりしていました。

月の光は、うす青く、この世界をてらしていました。なまあたたかな水の中に木立《こだち》も家も丘《おか》もみんなひたされたようであります。おばあさんは、こうして仕事《しごと》をしながら、自分のわかいじぶんのことや、また、遠方《えんぽう》のしんせきのことや、はなれてくらしているまごむすめのことなどを空想《くうそう》していたのであります。

目ざまし時計の音が、カタ、コト、カタ、コトとたなの上できざんでいる音がするばかりで、あたりはしんとしずまっていました。ときどき町の人通りのたくさんな、にぎやかなちまたのほうから、なにか物売《ものう》りの声や、また、汽車《きしゃ》のゆく音のようなかすかなとどろきが聞こえてくるばかりであります。

おばあさんは、いま自分はどこにどうしているのすら、思いだせないように、ぼんやりとして、ゆめを見るようなおだやかな気持《きもち》ですわっていました。

このとき、外の戸《と》をコト、コトとたたく音がしました。おばあさんは、だいぶ遠くなった耳をその音のするほうにかたむけました。いまじぶん、だれもたずねてくるはずがないからです。きっとこれは、風の音だろうと思いました。風は、こうして、あてなく野原や、町を通るのであります。

すると、こんど、すぐまどの下に、小さな足音がしました。おばあさんは、いつもににず、それをききつけました。

「おばあさん、おばあさん。」と、だれかよぶのであります。

おばあさんは、さいしょは、自分の耳のせいでないかと思いました。そして、手をうごかすのをやめていました。

「おばあさん、まどをあけてください。」と、また、だれかいいました。

おばあさんは、だれが、そういうのだろうと思って、立って、まどの戸をあけました。外は、青白い月の光が、あたりを昼間《ひるま》のように、あかるくてらしているのであります。まどの下には、せいのあまり高くない男が立って、上をむいていました。男は、黒いめがねをかけて、ひげがありました。

「わたしは、おまえさんを知らないが、だれですか?」と、おばあさんはいいました。

おばあさんは、見知らない男の顔を見て、この人はどこか家をまちがえてたずねてきたのではないかと思いました。

「わたしは、めがね売《う》りです。いろいろなめがねをたくさん持っています。この町へは、はじめてですが、じつに気持《きもち》のいいきれいな町です。今夜は月がいいから、こうして売ってあるくのです。」と、その男は、いいました。

おばあさんは、目がかすんでよく針《はり》のみぞに、糸《いと》が通らないでこまっていたやさきでありましたから、「わたしの目にあうような、よく見えるめがねはありますかい。」と、おばあさんはたずねました。

男は手にぶらさげていたはこのふたをひらきました。そして、そのなかから、おばあさんにむくようなめがねをよっていましたが、やがて、一つのべっこうぶちの大きなめがねをとりだして、これをまどから顔をだしたおばあさんの手にわたしました。

「これなら、なんでもよく見えることうけあいです。」と、男はいいました。

まどの下の男が立っている足もとの地《じ》面《めん》には、白や、べにや、青や、いろいろの草花が、月の光をうけてくろずんでさ

いて、かおっていました。
おばあさんは、このめがねをかけてみました。そしてあちらの目ざまし時計の数字《すうじ》や、こよみの字などを読《よ》んでみましたが、一字、一字がはっきりとわかるのでした。それは、ちょうどいく十年まえのむすめのじぶんには、おそらく、こんなになんでもはっきりと目にうつったのであろうとおばあさんに思われたほどです。
おばあさんは、おおよろこびでありました。

「あ、これをおくれ。」と、いって、さっそく、おばあさんは、このめがねを買《か》いました。

おばあさんが、ぜにをわたすと、黒いめがねをかけた、ひげのあるめがね売《う》りの男は、立ちさってしまいました。男のすがたが見えなくなったあとには、草花だけが、やはりもとのように、夜の空気の中にかおっていました。

おばあさんは、まどをしめて、また、もとのところにすわりました。こんどはらくらくと針《はり》のみぞに糸《いと》を通すことができました。おばあさんは、めがねをかけたり、はずしたりしました。ちょうど子どものようにめずらしくて、いろいろにしてみたかったのと、もう一つは、ふだんかけつけないのに、きゅうにめがねをかけてようすがかわったからでありました。

おばあさんは、かけていためがねを、またはずしました。それをたなの上の目ざまし時計のそばにのせて、もうじこくもだいぶおそいから休もうと仕事《しごと》をかたづけにかかりました。

このとき、また外の戸《と》をトントンとたたくものがありました。

おばあさんは、耳をかたむけました。

「なんというふしぎなばんだろう。また、だれかきたようだ。もう、こんなにおそいのに……。」と、おばあさんはいって、時計を見ますと、外は月の光にあかるいけれど、じこくは、もうだいぶふけていました。

おばあさんは立ちあがって、入《い》り口《ぐち》のほうにゆきました。小さな手でたたくと見えて、トン、トンというかわいらしい音がしていたのであります。

「こんなにおそくなってから……。」と、おばあさんは口のうちでいいながら戸をあけてみました。するとそこには、十二、三の美しい女の子が目をうるませて立っていました。

「どこの子か知らないが、どうしてこんなにおそくたずねてきました？」と、おばあさんは、いぶかしがりながらといいました。

「わたしは、町の香水製造場《こうすいせいぞうば》にやとわれています。まい日、まい日、白ばらの花からとった香水《こうすい》をびんにつめています。そして、夜、おそく家にかえります。今夜もはたらいて、ひとりぶらぶら月がいいのであるいてきますと、石につまずいて、指《ゆび》をこんなにきずつけてしまいました。わたしは、いたくて、いたくてがまんできないのです。血《ち》がでてとまりません。もう、どの家もみんなねむってしまいました。この家のまえを通ると、まだおばあさんが起《お》きておいでなさいます。わたしは、おばあさんがごしんせつなやさしい、いいかただということを知っています。それでつい、戸《と》をたたく気になったのであります。」と、かみの毛《け》の長い、美しい少女はいいました。

おばあさんは、いい香水のにおいが、少女のからだにしみているとみえて、こうして話しているあいだに、ぷんぷんとはなにくるのを感《かん》じました。

「そんなら、おまえは、わたしを知っているのですか。」と、おばあさんは、たずねました。

「わたしは、この家のまえをこれまでたびたび通って、おばあさんが、まどの下で針仕事《はりしごと》をなさっているのを見て知っています。」と、少女はこたえました。

「まあ、それはいい子だ。どれ、そのけがをした指《ゆび》をわたしに、お見せなさい。なにか薬《くすり》をつけてあげよう。」と、おばあさんはいいました。そして、少女をランプの近くまでつれてきました。少女は、かわいらしい指をだしてみせました。すると、まっ白な指から赤い血《ち》が流れていました。

「あ、かわいそうに、石ですりむいてきったのだろう。」と、おばあさんは、口のうちでいいましたが、目がかすんでどこから血がでるのかよくわかりませんでした。

「さっきのめがねはどこへいった。」と、おばあさんは、たなの上をさがしました。めがねは、目ざまし時計のそばにあったので、さっそく、それをかけて、よく少女のきずぐちを見てやろうと思いました。

おばあさんは、めがねをかけて、この美しい、たびたび自分の家のまえを通ったというむすめの顔をよく見ようとしました。するとおばあさんはたまげてしまいました。それは、むすめではなくて、きれいなきれいなひとつのこちょうでありました。おばあさんは、こんなおだやかな月夜のばんには、よくこちょうが人間にばけて、夜おそくまで起《お》きている家をたずねることがあるものだという話を思いだしました。そのこちょうは足をいためていたのです。

「いい子だから、こちらへおいで。」と、おばあさんはやさしくいいました。そして、おばあさんはさきに立って、戸口《とぐち》からでてうらの花園《はなぞの》のほうへとまわりました。少女はだまって、おばあさんのうしろについてゆきました。

花園には、いろいろの花が、いまをさかりとさいていました。昼間《ひるま》は、そこ

に、ちょうや、みつばちがあつまっていてにぎやかでありましたけれど、いまは葉《は》かげで楽しいゆめを見ながらやすんでいるとみえて、まったくしずかでした。ただ水のように月の青白い光が流れていました。あちらのかきねには、白い野《の》ばらの花が、こんもりとかたまって、雪のようにさいています。

「むすめは、どこへいった？」と、おばあさんは、ふいに立ちどまってふりむきました。うしろからついてきた少女は、いつのまにかどこかへすがたをけしたものか、足音もなく見えなくなってしまいました。

「みんなおやすみ、どれわたしもねよう。」と、おばあさんはいって家のうちへはいってゆきました。

ほんとうに、いい月夜でした。

（おわり）

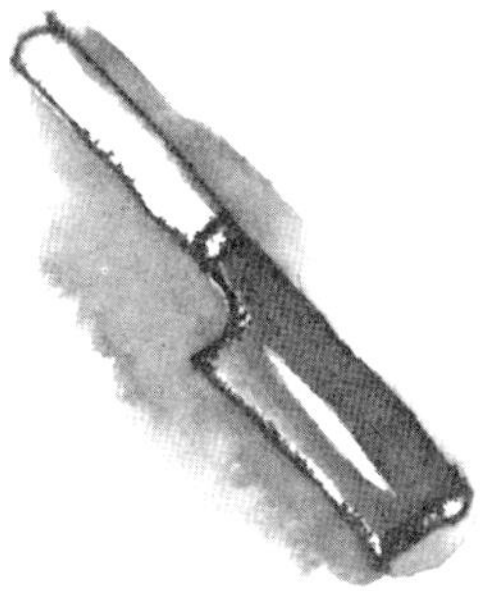

# きこりとその妹

久《く》保《ぼ》田《た》万《まん》太《た》郎《ろう》

## 一

大きな、さびしい森の中にきこりが一人住んでいました。――そのきこりには、まえに、やさしい、おとなしい十二になる妹が一人あったのですけれども、ふとした病気《びょうき》にかかったのがもとで、冬のくるまえ、きこりが木をとりに行っている留守《るす》に死《し》んでしまいました。そのとうざ、きこりはまい日泣《な》いてばかりいました。

どうしてもあきらめることができないので、きこりは、木で、ほんとうの妹とかわらないくらいの大きさの人形《にんぎょう》をこしらえました。それに着物《きもの》をきせ、火のそばにすわらせて、妹が、また、生きてかえってきたもののように考えました。――で、それからは、朝木をきりにそとへでて、夕方小屋《ゆうがたこや》へかえってくるとまず、人形の顔やあたまにかかっている灰《はい》だのごみだのをはらってやり、そのあとで、お夕飯《ゆうはん》のしたくにかかりました。――できると、それを、人形のまえに持っていき、妹のいたときのように、いろいろ、その日の、見たことや聞いたことの話をしながら食べました。

そのうちに冬がきました。

ある夕方、いつものように　きこりが、仕事《しごと》をしまってかえってくると、おもてに、まきがたくさんつんでありました。そうして、小屋《こや》の中へはいると、

23　きこりとその妹

そこには、いつでも火がおこせるようにしたくがしてありました。——きこりはふしぎに思いました。だれがこんなことをしておいてくれたのだろうと思いました。

ですが、それほどふかくは気にとめず、あくる日もいつものように、朝、外へでて、夕方小屋《ゆうがたこや》へかえってきました。と、その夕方も、やっぱり小屋の中にいつでも火のおこせるようになっていました。そればかりでなく、そばに、食べられるばかりになっている肉《にく》のきれがなべの中にはいっていました。

きこりはほうぼうさがしました。——だれもべつにいるようすがありませんでした。

あくる日、きこりは、いつものように遠くへ行かず小屋の近くにいて、いつもより早く小屋のほうへかえりかけました。と、かたの上にまきをのせた女が、きこりよりもさきに、小屋の中へはいっていくのが見えました。

きこりはいそいで小屋《こや》の戸《と》をおしあけました。――火のそばに、人形《にんぎょう》のかわりに、ほんとうの妹がすわっていました。

きこりはゆめではないかと思いました。

「わたし、また、かえってきましたわ。」と妹はいいました。「兄《にい》さん一人であんまりさびしそうだから。」

「よくかえってきた、よくかえってきた。」

そういいながら、きこりは、うれしまぎれにその手をつかもうとしました。

と、「いけません、いけません。」妹はあわててからだをどけました。「わたしにさわってはいけません。」

「なぜ。どうして。」

「さわると、また、わたしは死《し》んでしまいます。」

「また死ぬ。」

「ええ。――ごしょうですから、どうぞ、さわらないでください。」

# 二

あくる日から、きこりは、まえのようにまたしあわせになりました。――小屋《こや》に、妹が、お夕飯《ゆうはん》のしたくをしながらまっていてくれると思うと、きこりは、仕事《しごと》をするにもはりあいがありました。

そのうちに、だんだん、冬がふかくなってきました。

きこりはそろそろ里《さと》にかえろうと考えました。で、妹にもそういい、二人分のしかの肉《にく》をよういして、森をでました。

森から里まで、とちゅう、どういそいでも六日《むいか》ばかりかかりました。それほど遠いのでした。――それに、あいにくなことに、きこりが森をでたあくる日の夕方《ゆうがた》から、雪がちらちらふりだしました。そうして、みるみるうちに白く道がうまってしまいました。

とても歩けないと思ったので、きこりは、そのまま、そこで、夜をあかすことにしました。雪をよけながら、妹と二人で、火をたき、食べるものをこしらえました。

三

夜のふけるにしたがって、妹は、昼間《ひるま》のくたびれがでたとみえ、火にあたりながら、うとうとしはじめました。

「おいおい、そんなふうにしてねちゃいけない。——ねむければいまねられるようにしてやる。」

それを見てきこりがいいました。

ですが、そのときは、もう、たあいなく、すっかりねむっていました。

「しようのないやつだな。」

そういいながら、きこりは、立って、そのそばへゆきました。すやすやと、その、つみのない、やさしい、神《かみ》さまのような顔をしてねているのを見て、きこりは、ふっと死《し》んだお母《かあ》さんのことを思いだしました。——なつかしいような、うれしいような、さびしいような気になって、なにもかもわすれ、思わずその妹のからだをだきあげました。

「しまった。」

気のついたときには、もう、おそく、きこりのだいている妹は、いつのまにか、木の人形《にんぎょう》になっていました。

雪はちらちらちらと、なかなかやみそうにありませんでした。

（おわり）

# ボール

小林純一《こばやしじゅんいち》

カーンとバットにとばされて、
ぐんぐん高く上《あが》るから、
ボールはボールは知っている。
空はひろくて、あおいこと。

広い野原《のはら》を、どこまでも、
追《お》われてころころころぶから、
ボールはボールは知っている。
草がどこにもあることを。

ポイと、あっちへほうられて、
ポイと、こっちへ投《な》げられて、
ボールはボールは知っている。
子どもがおおぜいいることを。

# まほうのテーブル

平塚武二《ひらつかたけじ》

汽車《きしゃ》はどんどん走りつづけていました。

わたしは、まえにすわっている老人《ろうじん》が、さっきから、ときどき、くるしそうにおもいといきをもらすのに気がついて、

「もしもし、気分《きぶん》でもおわるいのですか。」と声をかけてみました。

「いいえ。気分はなんともありません。が、世《よ》の中にわたしくらい不幸《ふこう》なものはありますまい。お聞《き》きください。わたしはこういうめにあっているのです。」

こういって、老人《ろうじん》は、ぽつりぽつりと、つぎのようなふしぎな話をはじめました。

ある日、わたしは、うら通りの古道具屋《ふるどうぐや》で、こわれたバイオリンとゴムのながぐつとがいっしょにのきにぶらさげてあるような、がらくたばかりの店でしたが、その古道具屋で、ちょっとかわったテーブルを見つけました。四つのあしがへびの形になっています。下でとぐろをまき、上のほうで平べったいかま首《くび》をぬっとのばしているのです。ぶきみなかざりですが、ものずきなわたしは一目《ひとめ》で気にいったので、ろくにねぎりもしないで買《か》ってかえりました。

むろん、そのときは、ただあしの形がおもしろいと思っただけで、それがおそろしいまほうのテーブルだなんて気がつくわけもありません。ところが一週《しゅう》間《かん》ばかりすぎたある日、古道具屋のていしゅがふいにたずねてきてこういうのです。

「だんなさま、まことにもうしかねますが、いつかおもとめくださいましたテーブルをおかえしねがえませんでしょうか。」

どうしてそんなことをいいだすのでしょう。わたしにしてみれば、そうおしくてたまらないほどの品《しな》でもないので、じじょうによってはかえしてやらないこともないが、と思いながら、ひょいとげんかんを見ますと、ドアのかげに、むらさき色《いろ》のきぬで頭をぐるぐるまきにしたきみょうなみなりの外国人《がいこくじん》が、かくれるようにして立っているではありませんか。「ははあ、こいつはうっかりかえせないぞ。」と、わたしはきゅうに気がかわりました。そこで、

「いや、それはこまる。」

と、わざとしかめ顔《がお》をしていいました。すると、古道具屋《ふるどうぐや》は、代金《だいきん》は倍《ばい》にしてもよろしいから、ぜひかえしていただきたいと、いつまでもおなじことをくり

かえしくりかえしいうのです。あまりしつっこいので、おしまいにはわたしもほんとうにはらをたてて、

「いやだといったらいやだ。わからない男だな。とっととかえってくれ。」

と、どなりつけました。

きみょうな外国人《がいこくじん》は、おとなしくかくれてようすをうかがっていたようですが、わたしのけんまくにおどろいていきなりころぶようにはいってきて、頭《あたま》をぺこぺこさげ、ふといだみ声で、しきりになにかわめき立てました。どこのことばだか、さっぱりわかりませんけれど、みぶりからさっすると、どうかテーブルをゆずってくれという意味《いみ》らしいのです。

「ダーマースクース。ダーマースクース。」と、ときどきじゅもんでもとなえるようにいうのが、とてもぶきみなので、家のものがおくからでてきて、

「なんだか知らないけれど、たたりでもあるといけないからかえしてしまったらどうです。」

とすすめました。が、わたしはますますかえしたくなくなって、いやだ、かえってくれ、と、きっぱりことわりました。

「ではしかたがありません。」

道具屋《どうぐや》はあきらめたように、こういって立ちあがりました。きみょうな外国人《がいこくじん》も、うらめしそうな顔をして、しばらくじっとわたしの顔を見つめていましたが、つづいてすっくり立ちあがって、れいの「ダーマースクース」をとなえ

ながら、黒い手をのばしてわたしのからだじゅうをなでまわすようなまねをして、ぷいととびだしてしまいました。

さて、わたしはひとりになると、さっそくテーブルをひきだして、あらためて、ながめました。するといままでは気づかなかったのですが、テーブル板《いた》のうらがわに、くぎでひっかいたようなもようがほりつけてあります。

なんだろうと思って、よくしらべてみると、それは古代《こだい》トルコの文字で、こんなことが書いてあるのでした。

ダーマースクース。ダーマースクース。

これはベルベネのテーブルなり。

ベルベネをねんじて、

のぞみのものいでよととなえよ。

さらばたちまちいでん。

ダーマースクース。ダーマースクース。

のぞみのものをいえば、なんでもこのテーブルからでるというのですから、むろん、はじめは、ばかばかしくなりました。しかし、ものはためしだ、とにかくひとつやってみよう、という気になって、ちょうどのどがすこしかわいていたので、コーヒーでものめればとおもって、

「ダーマースクース、ダーマースクース。でろでろコーヒー。」といってみました。すると、どうでしょう、でました、でました。が、コーヒーではなくって、ぶどう酒《しゅ》のびんが一本、にょっきりとテーブルの上につっ立ちました。

ほほうとわたしはふんぞりころぶばかりにおどろきました。しかも、そのぶどう酒《しゅ》を一口《ひとくち》なめてみると、じつになんともいえないすばらしいあじです。

さあ、わたしはうれしくなりました。が、すこしおちついて考《かんが》えてみると、そのときほしかったのはぶどう酒《しゅ》ではなかったのでした。そこで、やりなおす

ことにしました。

「ダーマースクース。ダーマースクース、でろでろコーヒー。」

すると、こんどはまっ白いさとうのかかったうまそうなおかしが、ひょいと、とびだしました。

「またちがった。もういちどやりなおしだ。」

なんどやってもだめ。そのたびに、ちがったものがでてくるのです。わたしは、まったく、じれったくなりました。

そのうちに、そうだ、このテーブルには古代《こだい》トルコのことばでなければ通じないのかも知れないと気がついたので、さっそく字引《じびき》をしらべて、自分のほしいものの名をおぼえこんで「なになにでろ。」とやって見ましたけれどもやっぱりだめでした。

ミルクがのみたいと思っているのにビフテキがでたり、パンがほしいのにビールがでたり、お茶《ちゃ》のかわりにビスケットがでたり、てんでちぐはぐばかりです。

「ちえっ。」とわたしはしたうちをして、テーブルをがつんとなぐりつけました。

「このなかにはあくまがかくれているんだ。」

それからは、わたしはテーブルのことばかり考えて、夜もおちおちねむれません。いやなゆめばかりみるのです。で、ある日、とうとう思いきって、おのでめちゃめちゃにたたきこわしてしまいました。

ところが、つぎの朝になると、ちゃんとテーブルはもとのとおりになっているのです。ちきしょうと、わたしは気がくるいそうになり、いきなり火にくべて灰《はい》にしてしまいましたが、それでもなんのかいもありませんでした。テーブルはいまでもわたしのへやのまんなかにがんばっているのです。おさっしくださいよ。

ああ、くるしい。わたしは、あのテーブルにつけまわされて、くるしくてくるしくてたまらないのです。

老人《ろうじん》は話しおわって、ぐったりしたようにまどによりかかって目をつぶりました。

「そんなふしぎなことがあるもんですかね？」といったわたしにはこたえようともしないで、もう、うとうとねむりかけたようすです。

そのとき、いままで食堂《しょくどう》にでもはいっていたのでしょうか、老人のつきそいらしいわかものがかえってきて、わたしに声をかけました。

「あなたにもまほうのテーブルの話をしやしませんでしたか。」

「いま聞《き》いたところです。ほんとでしょうか、あのお話は。」

「いいえ、みんな、でたらめですよ。あれがこのかたの病気《びょうき》でしてね。ありもしないことを、あったように思いこんでいるのです。」

「ああ、そうですか。」

わたしは老人《ろうじん》の青白い横顔《よこがお》をまじまじながめながら、「なあんだ。きちがいなのか。」と心のなかでいいました。

「医者《いしゃ》は、もうなおるみこみもないといっております。」

とわかものが、こういいかけたとき、汽車《きしゃ》がとまりました。

「しつれいいたしました。」

わかものはあわてて老人をゆりおこして、うでをひっぱっておりていきました。

（おわり）

# 病気《びょうき》の夜

――清水《しみず》たみ子《こ》

電気《でんき》もつけず、風の夜、
月のあかりに、ねてました。
――童話《どうわ》の中の子のように。
お熱《ねつ》の床《とこ》で、まるいまま、
冷《つめ》たいリンゴ、たべました。
――小さいときにしたように。

# 丘《おか》の家

丹野《たんの》てい子《こ》

丘《おか》の上にひゃくしょうのお家《うち》がありました。家がびんぼうで、手つだいの人をやとうことができませんでしたので、小さな男の子が、お父《とう》さんといっしょにはたらいていました。男の子はまい日まい日野へでたり、穀物小屋《こくもつごや》の中で仕事《しごと》をしたりして、一日じゅう休《やす》みもなくはたらきました。そして、夕方《ゆうがた》になると、やっと一時間だけかってにあそぶ時間をもらいました。

そのときには、男の子は、いつもきまって、きっと、もう一つうしろの丘の上へでかけていきました。そこへのぼると、いくマイルかむこうの丘《おか》の上の、金《きん》の窓《まど》のついたお家《うち》が見えました。男の子は、まい日まい日、そのきれいな窓を見にいくのでした。窓は、いつも、しばらくのあいだ、きらきらと、まぶしいほど光っております。そのうちに、家の人が戸《と》をしめるとみえまして、きゅうに、ふいと光が消《き》えてしまいます。

窓がしまると、そのお家は、ただのお家とちっともかわらなくなってしまいます。男の子は、もう日ぐれだから金の窓もしめるのだなあと思い思い、じぶんもお家へかえって、パンと牛乳《ぎゅうにゅう》を食べて、それから寝床《ねどこ》にはいりはいりしていました。

ある日お父さんは、男の子をよんで、

「おまえはほんとうによくはたらいておくれだ。そのごほうびに、きょうは一日おひまをあげるから、どこへでも行っておいで。ただ、この一日のお休《やす》みは、神《かみ》さまがくださったのだということをわすれてはいけないよ。うかうかとくらしてしまわないで、なにかいいことをおぼえてこなければ。」といいました。

男の子はたいそうよろこびました。それでは、きょうこそは、あの金《きん》の窓《まど》のお家《うち》へ行ってみようと思いまして、お母《かあ》さまからパンをひときれもらって、それをポケットにおしこんで、でていきました。

それは、男の子にはたのしい遠足《えんそく》でした。はだしのまま歩いていくと、往来《おうらい》の白いほこりの上に足のあとがつきました。うしろをふりかえって見ると、そのじぶんの足あとが、長くつづいています。足あとはじぶんといっしょに、どこまでもついてきてくれるように見えました。それから、じぶんのかげぼうしも、じぶんのするとおりに、いっしょにおどりあがったり、走ったりして、ついてきました。男の子にはそれもゆかいでゆかいでたまりませんでした。

そのうちに、だんだんにおなかがすいてきました。男の子は道ばたのハンノ

sho

キのいけがきの中を流れている、小さな川のふちにすわってパンを食べました。そして、すきとおった、きれいな水をすくって飲《の》みました。それから、食べあました、かたいパンの皮《かわ》は、小さくくだいて、あたりへふりまいておきました。そうしておけば小鳥がきて食べます。これは、お母《かあ》さまからおそわったことでした。

男の子はふたたびどんどん歩いていきました。そして、ようやくのことで、高い、まっ青な、いつも見る丘《おか》の下へつきました。男の子はその丘をのぼっていきますと例《れい》のお家《うち》がありました。しかしそばへきてみると、そのお家の窓《まど》は、ただのガラス窓で、金《きん》なぞはどこにもはまっておりませんでした。男の子はすっかり、あてがはずれたので、それはそれは泣《な》きだしたいくらいにがっかりしてしまいました。

と、お家からおばさんがでてきました。そして、なにかごようですかと、や

さしく聞《き》いてくれました。男の子は、
「わたしは、うちのうしろの丘《おか》の上から見えるこのお家《うち》の金《きん》の窓《まど》を見にきたのです。でも、そんな窓はなくて、ただガラスがはまっているだけですね。」といいました。
おばさんは、首《くび》をふって、
「わたしの家はびんぼうなひゃくしょうやですもの、そんな金などが窓についているはずはありません。金よりかガラスのほうがすきとおっていてどんなにいいかわかりませんわ。」

こういってわらいながら、男の子を戸口《とぐち》の石段《いしだん》にこしをかけさせて、おちちを一ぱいと、おかしを一つ持ってきてくれました。おばさんは、それから、男の子とちょうど同《おな》い年ぐらいの女の子をよびだしました。そして、二人でおあそびなさいというように、うなずいて見せてふたたびお家《うち》へはいって仕事《しごと》をしました。

その小さな女の子も、じぶんと同じようにはだしのままで、黒っちゃけたもめんの上着《うわぎ》をきていました。しかし、そのかみの毛《け》はちょうど、男の子がいつも見ている光った窓《まど》のように、きれいな金色《きんいろ》をしていました。それから眼《め》はまひるの空の色のようにまっ青にすんでいました。

女の子は、にこにこしながら男の子をつれていって、お家の牛《うし》を見せてくれました。それは、ひたいに白い星《ほし》のある、黒い小牛でした。男の子はじぶんのお家の、四つ足の白い、くりの皮《かわ》のような赤い色の牛のことを話しました。女の子は、そこいらになっているりんごを一つもいで、二人で食べました。二人はすっかりなかよしになってしまいました。

男の子は、金《きん》の窓《まど》のことを女の子に話しました。女の子は、

「ええ、わたしもまい日見ていますわ。でも、それは、あっちのほうにあるんですの。あなたはあべこべのほうへきたのですわ。」といいました。

「いらっしゃい。こっちへくると見えるのよ。」と、女の子はお家《うち》のそばのすこし高いところへ男の子をつれていきました。そして、金の窓は見えるときがきまっているのだといいました。男の子は、ああきまっている、お日さまがはいるときに見えるのだとこたえました。

二人は小高いところへのぼりました。女の子は、

「ああ、いまちょうど見えます。ほらごらんなさい。」といいながら、むこうの丘《おか》のほうをゆびさしました。

「おお、あんなところにもある。」と男の子はびっくりして見いりました。しかしよく見ると、それは、丘《おか》の上のじぶんのお家《うち》でした。男の子はびっくりして、わたしはもうお家へかえるのだといいだしました。そして、もう一年もだいじにポケットにしまっていた、赤いすじのひとすじはいった、白い、きれいな小さな石を女の子にやりました。それから、トチノキの実《み》を三つ――びろうどのようなつやをした赤いのと、ぽちぽちのついたのと、牛乳《ぎゅうにゅう》のように白い色をしたのと、その三つをもやりました。そして、また、こんどきますといって、おおいそぎで走ってかえりました。女の子は、男の子がきゅうにあわててかけてかえるのを、びっくりして見おくっておりました。きらきらした夕日《ゆうひ》の中に、いつまでも立って見ていました。

男の子は、いきをも休《やす》めないで、どんどんどんどん走ってかえりました。しかし、道がずいぶん遠いので、お家へついたときには、もう、暗《くら》い夜になって

sho

いました。じぶんのお家《うち》の窓《まど》からは、ランプのあかりと、ろのたきびとが、黄《き》色《いろ》く赤く見えていました。ちょうど、さっき丘《おか》の上から見たときと同じように、きれいにかがやいておりました。男の子は、戸《と》をあけてはいりました。お母《かあ》さんは立ってきて、ほおずりをしてむかえました。小さな妹も、よちよちとかけよってきました。お父《とう》さんはろのそばにすわったまま、にこにこしていました。

お母さんは、

「どこへ行ってきたの？　一日おもしろかったかい。」と聞《き》きました。

「ええ、ずいぶんゆかいでしたよ。」と男の子は、うれしそうにいいました。

「そして、なにか、いいことをおぼえてきたかい？」とお父さんが聞《き》きました。

「わたしは、じぶんたちのこのお家にも、金《きん》の窓《まど》がついているということをおそわってきました。」と男の子はこたえました。

（おわり）

# わに

小野《おの》 浩《ひろし》

一

あるところに、かにのだいすきなおさるがおりました。

おさるはいつも、ぶらぶら河《かわ》の岸《きし》にでてかにをさがしては食べたべしていました。その河《かわ》には、以前《いぜん》からなかのわるい、大きなわにがすんでいるので、うっかりゆだんはできません。ところがあるとき、あんまりおなかがすいていたので、むちゅうになってかにをつかまえようとするひょうしに、ひょいと河の中へ足をふみはずしてしまいました。

大きなわにには、もうさっきから、河底《かわぞこ》のどろの中にからだをかくして、おさるのすきをねらっているところでした。そこへおさるが足をふみいれたのですからたまりません。わにには、ほいきたとよろこんで、いきなりその足に食いつきました。

「おやおや、しまった。ぐずぐずしてると、ぽりぽり食べられちまうが、ええと、なにかうまいくふうはないかな。ふん、そうだ。」と、おさるはいいことを考えつきました。

それでわざとげんきな声をだして、

「おいおいわにさん、おまえはよっぽどどうかしてるな。はっは、あしの根《ね》を、おれの足とまちがえるなんて。どうです。おれの足にしてはすこしやわらかす

ぎやしませんか。」

わにはあしのしげったどろの中にいるのですから、眼《め》がよく見えません。で、おさるにそういわれると、すぐ、なあんだ、そうか、と思っておさるの足をはなしました。

「はっは、ありがとうわにさん。ごしんせつなことだ。おかげで命《いのち》びろいをしましたよ。」と、さるは岸《きし》にとびあがって、こういいました。わには、ちょっ、だまされたなと思って、しっぽをばたばたふるわせてくやしがりましたが、もうおっつきません。おさるは、うしろをも見ずに、さっさとじぶんのお家《うち》へかえってしまいました。

それからしばらくのあいだ、おさるは、河《かわ》はもうこりごりだと思いました。しかし、一週間《しゅうかん》もたつと、かにが食べたくて食べたくて、とてもがまんができなくなりました。そこで、こっそりまた例《れい》の河へやってきましたが、こんどはゆだんなくあたりを見まわしました。たしかにわにはいないようです。けれどもおさるは、ねんのためにためしてみようと思って、大きな声でひとりごとをいいました。

「はてな、かにのやつはおかにあがっていないときにはたいてい水の上にひょっこりうかんでいるものだがね。そこをおれが足をつっこんでつかまえるのだが、きょうはどこかへ行ったのかな。」

わにはやはり河底《かわぞこ》のどろの中にかくれていたのですが、さるのひとりごとを聞《き》くと、

「へっへ、それじゃ一つかにのまねをしてやろう。するとさるめはきっと足をつっこむにちがいない。そこをひょいとつかまえてやろう。」と考えて、さっそく鼻《はな》のさきの黒いところを、さもさもかにらしく見えるように、にょっきりと水の上につきだしました。おさるは、それをひと目見ると、

「ふふん、ありがとう。すばらしくごしんせつなことだ。ちゃんといどころを教《おし》えてくださるなんてね。じゃ、ほかへ行ってごちそうをさがすことにしましょうよ。」

わにはこんちくしょうめといってまっ赤になっておこりましたが、おさるは平気《へいき》で赤いおしりをたたきながら風のようにかけていってしまいました。

二

おさるはまたとうぶん河《かわ》へ行くまいと思いました。が、二週間《しゅうかん》もすると、やっぱりがまんができなくなって、のこのことでてきました。

こんどもわにはいないようです。しかしおさるは例《れい》の手でひとりごとをいいました。

「はてな。かにのやつは、おかにもあがっていず水の上にもうかんでいないと

きには、きっとあわをたてるものだがね。小さなあわが、ぷつぷつぷつぷつとでてくると、まちがいなく、そこにいるものだ。そこでおれが足をつっこんでつかまえるだんどりになるのだが、はてな、きょうはどこにもあわがたたないぞ。」
わにはそのときも河底《かわぞこ》にかくれていましたが、それを聞《き》くと、首をちぢめて、「ふん、こいつはやさしいや。どら。」といって、すぐにぶくぶくとあわをふきだしました。大きな人きなあわが、うずをまいて、ぶるぶる、ごろごろとでてきま

した。

おさるはそれをひと目見ると、

「ありがとうわにさん。おかげでおまえがいるのがわかったよ。さようなら。」

といってにげだしました。わにはひじょうにくやしがって、いきなり岸《きし》にはいあがっておっかけました。

しかしかけ足の競争《きょうそう》ではとてもおさるにかてるわけがありません。ただ大きなからだをばたばたさせてあせるだけで、とうとうすたすたにげられてしまいました。

三

それからはおさるもこわくなって、河《かわ》へ行くことはぷっつりやめました。かにが食べられないのはざんねんですが、そのかわり、いちじくがどっさりなっている森を見つけたので、ひもじい思いをすることはありませんでした。

ところが、わにはだれから聞《き》いたものか、おさるがその森へでかけることを知りだしました。それでいままでさんざんばかにされたかたきうちをするつもりで、ある日、おかへあがって、こっそりと、その森まではっていきました。そしていちじくの実《み》を、いちばん大きな木の下に、山のようにつみあげて、その中に、もぐりこんでかくれていました。

するとまもなくおさるがやってきました。ひょいと見ると、いちじくの山ができています。おさるは首をひねりました。

「ふふん、――わにこうそっくりのかっこうだな。ひとつさぐりをいれてみようか。」

そこで、いつものとおり、ひとりでしゃべりだしました。

「なんといってもいちじくは風にふかれておっこちて、ころころ地べたにころ

がってるやつでなけりゃうまくないね。あそこに山のようにつもっているやつは、きっとじゅくしていないんだよ。」

　おさるがちっとも近よらないので、わにはすっかりじれてしまいました。

「ちくしょうめ。いちじくをころがしてやれ。さるめ、風で動《うご》いたんだと思うだろう。」

　わにはからだを持《も》ちあげてせなかをふりました。うまく小さないちじくが二つ三つ、ころころと、風にふかれたように、おっこちました。

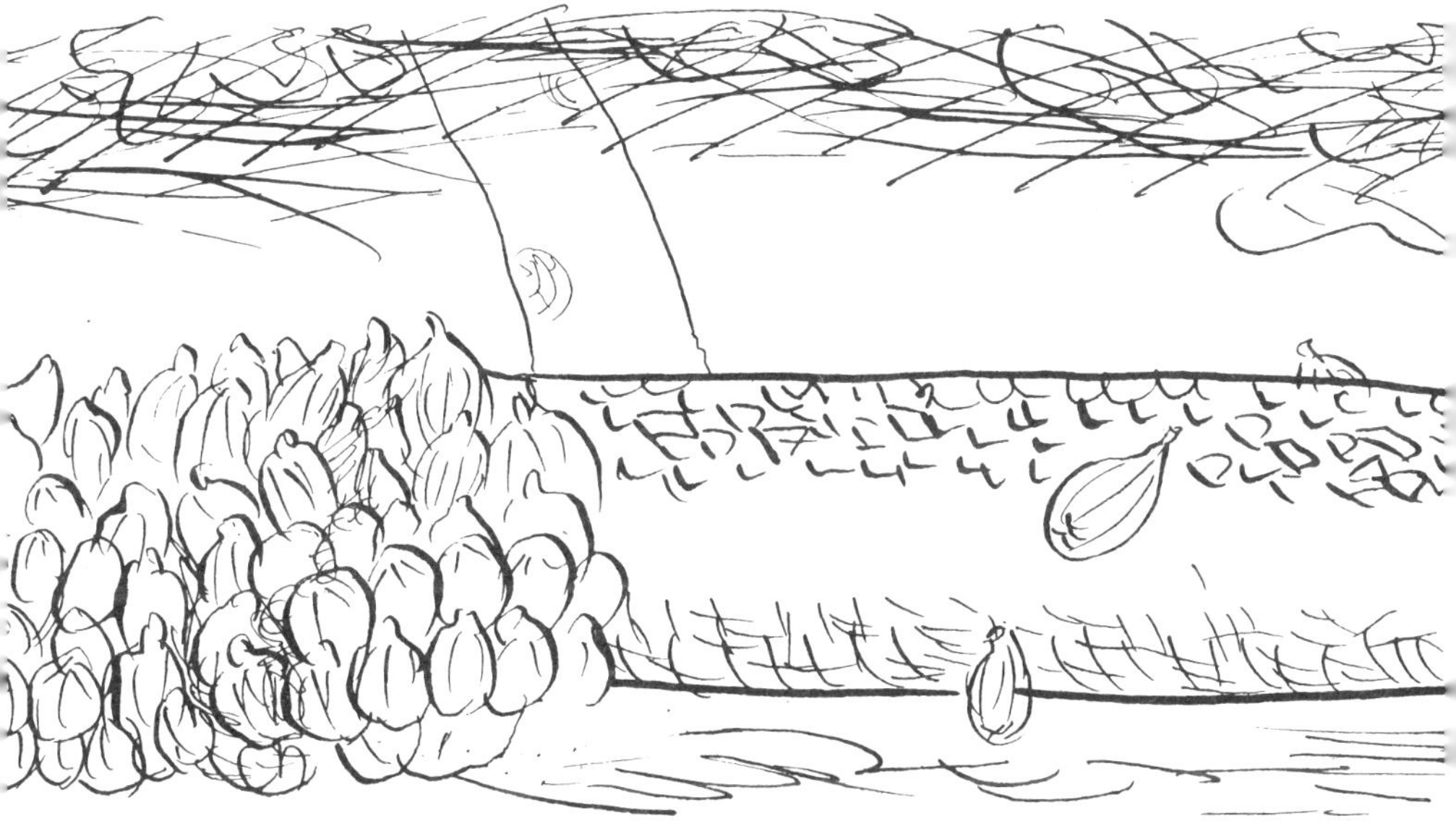

けれども、そのために、わにのせなかは、すっかりすいて見えました。

「はっは、いるよ。わにさん、さようなら。」

またにげられてしまいました。

四

ばかなわにには、はんぶん気ちがいのようになって、おさるのお家《うち》へやってきました。そしてかべをよじのぼって、窓《まど》から中へしのびこみ、おさるのかえるのをまっていました。

まもなくおさるは一日あそびくらして、のんきそうに手をふりながらかえってきましたが、ふと見ると、地べたには、なにか重《おも》いものを引きずったようなあとがついていますし、よく見ると、窓《まど》にも、なにか大きなものがむりにとおったらしいきずがついています。

「ふふん。――かも知れないぞ。」

おさるはこう思って、またすぐにおとくいのおしゃべりをはじめました。

「おい、お家《うち》よ。おまえどうしたんだい。きょうにかぎって、おれがかえってきてもごあいさつをしないね。――ふふん、いつまでもだまっているところをみると、なにかかわるいことがもちあがってるとみえるね。」

わには、これはいけない、なにか口をきかなきゃ、さるははいってこないなと思って、できるだけやさしい声をして、

「おかえり、おさるさん。」といいました。

その声を聞《き》くと、おさるはふるえあがりました。しかしなにくわぬ調子《ちょうし》で、「よしよしお家《うち》よ。よくごあいさつをしましたね。それでおれもやっと安心《あんしん》した。だがちょっとおまち。これから夕飯《ゆうめし》のしたくだ。まきをすこしひろってくるからね。いいかい。」といってすたすたかけだしました。

# 五

おさるはすばやく、そこいらからまきをいくかかえもいくかかえもひろってきて、家のまわりにぐるりとつみあげました。そして、それへ、さっと火をつけました。

ばかなわにには、そのままそのお家といっしょに、焼《や》け死《し》んでしまいました。

（おわり）

# 道

与田準一《よだじゅんいち》

やぶの中から出てきた道よ、
すずめがいそうでおらないやぶよ。

だれもこないできそうな道よ、
とんぼの影《かげ》も見えない昼《ひる》よ。

白いほこりの一本道よ、
夕立《ゆうだち》ふらずにふりそな道よ。

どこまでどこまで一本道よ、
ひとりで歩いてく真昼《まひる》の道よ。

# ビワの実《み》

坪田《つぼた》譲治《じょうじ》

山のふもとのやぶかげに一人のきこりが住《す》んでいました。名を金十《きんじゅう》といいました。ある春の夜のことでした。金十は窓《まど》の下でぐうぐうぐうぐうねていました。すると、夜中ごろに月の光がその窓からあかあかと金十の上にさしてきました。金十はそれで目がさめました。目がさめると、ビワの実《み》のことを思い出しました。

そのビワの実というのは桃《もも》くらいもある大きなビワの実でした。そして金色《きんいろ》に光って、うすい粉《こな》がふいていました。それをけさ金十《きんじゅう》は山へ行くとちゅう、朝日のかがやく道ばたの草の中に見つけました。

「はて、なんの実《み》だろう。」

金十はおどろいてしまって、いちじは手にもとりあげず、首《くび》をかしげてながめいりました。

「桃《もも》にしては色がちがう。ミカンにしては皮《かわ》がうすい。なにかおそろしい山の鳥《とり》の卵《たまご》とでもいうのではないだろうか。鳳凰《ほうおう》の卵というのはまだ見たことも聞《き》いたこともないけれど、もしかしたら、こんな美しい木の実《み》のようなものではないだろうか。そうでもなけりゃ、こんなところに、こんなものの落《お》ちているはずがないじゃないか。」

金十は一人で考えました。

「が、待《ま》てまて。手にとってみるくらいかまやしないだろう。卵などだったら、もとのところへおいとくばかりだ。」

そこで金十《きんじゅう》はあたりを見まわしていいました。

「へい、ちょいと、見せてもらいます。見るばかりです。とったりなんどするのじゃありません。」

で、ひろいあげて、目のまえに持《も》ってきました。鼻《はな》のまえに持ってきて、においをかいでもみたのです。いいにおいです。それになんて重《おも》いことでしょう。まるでほんものの金のような重さです。しかししりのところをかえしてみると、ちゃんと果物《くだもの》についているへた、、がくっついておりました。

「やっぱり木の実《み》だな。すると、この実のなる木がこのへんに、この山の中にあるというわけだ。もしないとするなれば、この実をくわえて大きな鳥《とり》が、いや、小さい鳥なんかでこの実をくわえられるわけがないから、それはどうしてもたかやわしくらいの鳥が、これをくわえて飛《と》んできた。いやいや、これも一つじゃないだろう。これが房《ふさ》のようになっている十も二十もの枝《えだ》をくわえて飛《と》んでたろう。すると、ちょうどこの上のへんで、その中の一つがなにかのひょうしで、ポロリと一つ落《お》っこちた。これがそれ、この美しいこの実《み》なのだ。とすると、この一つくらいおれがもらったからといっても罰《ばち》はあたらない。ほうっておけば、ほかの鳥に食われるか、それとも雨にうたれてくさってしまうか、とにかくいいことになるはずはないのだから。」

こんなことをながながと金十《きんじゅう》は一人で考えました。そしてここまで思いつづけると、腰《こし》のてぬぐいをひきぬきました。そのはしでその実をシッカリつつみました。つつんだうえに一つの結《むす》び目をつくりました。そしてこれをまた腰のところにむすびつけました。

木を切《き》るところにいってからも、金十はその実をたいせつにして、てぬぐいのまま近くの木の枝にぶらさげておきました。まもなく、一本の木を切りたおして、一ぷくしようとして気がつきますと、たいせつな木の実《み》のさげてある枝《えだ》の上に、一ぴきのりすがやってきて、しきりにチョロチョロかけまわっております。

「あれ、やっこさん、なにしてやがる。」

こういったのですが、りすはそのてぬぐいの結《むす》び目をかみ切ろうとしておりました。

「たいへんたいへん、そんなことさせて、たまるものかい。」と、金十《きんじゅう》はおおいそぎで、そのてぬぐいを枝からはずしこんどは長い竹《たけ》の棒《ぼう》の上にくりつけてその棒を土の上につきたてておきました。

「どうだい。もうりすがなんべんきたってとれっこない。」

こんなことをいったのでしたが、しばらくして気がつくと、こんどはどうでしょう。たくさんのいや、三羽《ば》ばかりのやますずめが、その竿《さお》の上でバタバタ、

バタバタやっておりました。やはりてぬぐいからその木の実《み》をとってにげようとしているのでした。これを見ると、

「こうらあ、すずめのばかやろう。」

金十《きんじゅう》は大きな声《こえ》をして、持《も》っていたおのをすずめのほうに高くふりかざしてみせました。

「どうもこりゃゆだんならん。」

金十はすずめをおっぱらうと、こんどはおので土をほって、その中に木の実をいれました。そしてその上に大きな石を手にしてのせかけておきました。そうしておけばだいじょうぶです。それから晩《ばん》まで、仕事《しごと》のきれ目きれ目に、金十は石をのけてのぞきこみましたが、りすもすずめももうそこまでは力がおよびません。

日ぐれになったとき、金十は朝きたときのようにおのをかつぎ、腰《こし》にはその

実《み》をぶらさげてじょうきげんで、ふもとのやぶかげのわら屋《や》の家《うち》にかえってきました。

「まずおのをしまって、ばんめしを食べて、これからゆるゆるこの木の実《み》を食べるとしよう。」

金十《きんじゅう》はそう思って、それをたいせつに戸《と》だなの中にしまいこみました。そしてばんめしのしたくにかかりました。ところが、ばんめしがすむと、どうしたことでしょう。もうねむくてねむくて、美しい木の実なんか、思いだしもしないほどで、とうとうふとんもしかないで、窓《まど》の下によこになってしまいました。そうすると、もうそれきり、ぐうぐうねむってしまいました。

それがいま、夜なかごろに月の光がさしてくると、ふと目がさめてきました。目がさめると、そのふしぎな木の実を思いだしました。

「おお、そうじゃ、あれを食べてみなくちゃ。」

こういうと、はねるようにおきあがって、戸《と》だなの戸をひきあけました。もしかしたら、ねずみなんかにかじられていはしないかと心配《しんぱい》しましたが、やっぱり朝のとおり、金色《きんいろ》に光って、白い皿《さら》の上に、とてもいいにおいでのっかっておりました。

「あったぞ。あったぞ。」

金十《きんじゅう》はこれを皿ごととりだして、月のてらす窓《まど》のところへ持ってきて、しばらくじっとながめました。どうもそのまま食べてしまうのは、おしいような気がしてなりません。

「だが、実《み》は食べても、種《たね》をまいてけばいいだろう。そうだ。そうだ。」

じぶんでいって、じぶんで答《こた》えて、それから思いきって、金十はそれを口へ持っていきました。そして歯形《はがた》をたてたかたてないに、もう口のなかはくだものののしるでいっぱいになりました。あまくて、すっぱくて、そしていいにおいがして、ちょうどそれはビワの実《み》のような味《あじ》でした。それを金十《きんじゅう》はゴクリゴクリとのみほしました。そしてまたその実を口に持っていくと、やはり歯形《はがた》をたてるかたてないかに、もう口のなかがおいしいしるでいっぱいになりました。いっぱいになったうえ、早《はや》くのまないと、むねのほうへ流《なが》れおちそうになりました。金十はいきをするまもなく、それをなんどのみほしたことでしょう。十度《ど》も二十度もののんだようにも思えれば、ほんのちょっと、いえ、たった一度のんだようにも思えました。なんにしても、そのおいしさは、くらべるものもありません。しかしそれがなんと、見るまに種《たね》ばかりになってしまったのです。金十はそれでしばらくその種を皿《さら》の上にのっけて、その皿を窓《まど》のしきいの上においたままじっと考えつづけておりました。

「ああ、おいしかった。なんにしても、おいしいくだものだ。」

そんなことばかりを考えつづけたのです。しかしいつまでもそうしてはいられません。そこで皿《さら》の上にあった一つの種《たね》を手にとると、月の光にてらされたまえの庭《にわ》へおりていきました。そしてそこのまんなかの、ちょうど窓《まど》のまえになるところに、くわでもって土をすこしほって、その種をなかにうめました。うめると、上の土をよく足でふみつけて、それからまた窓の下にかえりました。

「もうこれでいい。あしたぐらい芽《め》をだすかもしれないぞ。」

そんなことを思って、よこになって目をつぶりました。ところが、すこしすると、どうでしょう。その種をうめた土の上に、もう木の芽ばえが小さい二葉《ふたば》をのぞけました。二葉がのぞいたと思うと、それはもうパッと四つの葉《は》になりました。

四つの葉になったと思うと、こんどは幹《みき》がすいすいとのびはじめました。のびるにしたがって、なん枚《まい》もの葉がパッパッと開《ひら》きます。葉が開くにつれて、こんどは枝《えだ》がチョキン、チョキンとついていきます。

いや、どうもふしぎなことです。とうとうその木は見ているあいだに、見あげるような大木《たいぼく》になってしまいました。大木になったばかりか、見ていると、それがいちじにパッと空一面《めん》に花をひらきました。白くそして桃色《ももいろ》の、ちょうどさくらの花のようでありました。

と、それが十分間《ぷんかん》とたたないうちに、ホロホロと、まるで雨がふるようにちりはじめました。花がちってしまうとつぎにはサッと枝《えだ》えだに枝もたわむほどたくさんの、そしてみごとに金色《きんいろ》のビワの実《み》のようなそのふしぎな木の実《み》がなりました。月の光をうけて、なん百《びゃく》なん千《ぜん》というその実がどんなに美しかったことでありましょう。金十《きんじゅう》はただもういきもつけずに、これをじっとながめているばかりでありました。すると、そのときバタバタと音がしまして、一わの鳥がその木の下へとんできました。

これが鳳凰《ほうおう》というのでしょうか。お宮《みや》のお祭《まつ》りのときのみこしの上についているあのかざりのような鳥でした。それが木の下をキラキラ光りながら歩きはじめました。と、またバタバタと音がしました。また一わの鳳凰《ほうおう》がとんできたのです。

それが木の下におりると、つづいてまた音がしました。そうして、鳳凰《ほうおう》はとうとう二十ぱばかりもとんできました。それが木の下を歩きまわるようすはこれこそ金《きん》びょうぶにかかれた絵《え》であるかと思われるようでありました。

ところが、そのつぎにとんだことがおこりました。その鳳凰《ほうおう》がいちじにバッとたちあがったのです。みんな木の上の、あちらこちらの枝《えだ》の上にとまってしまったのです。そしてせわしく首《くび》をうごかせて、その金色《きんいろ》の実《み》を食べはじめたのです。どうしたらいいでしょう。といっても、どうすることもできません。なにしろ、神様のようにとうとい見たこともない鳥のことです。金十《きんじゅう》はやはりじっとながめているばかりでした。

金色の実は一つ一つ、しかも見るまに枝の上からきえていきました。そしてそれが一つのこらずなくなってしまうと、バッと大きな、大風《おおかぜ》のような音がしました。いちじに二十ぱの鳳凰《ほうおう》がとびたったのです。それは月の光のなかをキラキラ光りながら、空のとおくへ金色の雲《くも》のようになってとんでいってしまいました。

あとには大きな幹《みき》とその枝と、それからだらりとたれたまばらな葉《は》ばかりのこりました。まるでゆめのようなことでした。しばらくたって、

「もう一つもないのかしらん。」

金十《きんじゅう》はそういって、はじめて窓《まど》のところから立ちあがりました。そして木の下へいって、ぐるりをぐるぐるまわりながら、その枝《えだ》や葉《は》のあいだを見上げてあるきました。

「あれえ。」

金十はひとところで足をとめました。なんだか一枚《まい》の葉のかげに小さな小さな豆《まめ》のような小粒《こつぶ》の実《み》がまだ一つのこっているようです。

「ちがうかしらん。」

そういっているうちに、あれあれ、それがしだいに大きくなりはじめました。もう桃《もも》ぐらいになりました。もう夏ミカンほどになりました。もう、すいかのようになりました。それにつれて、そのほそい枝がだんだん下にたわんできました。

これはこうしておれません。ほうっておくと枝《えだ》がおれるか、実《み》が下におちてきて、土の上でつぶれるか、たいへんなことになりそうです。

そこで金十《きんじゅう》はおおいそぎで、家《うち》のなかから長いくいとっちとを持ってきて、その実の下に四本柱《ほんばしら》のやぐらのようなものをつくりました。そしてその上に板《いた》をわたして、それで、その実をささえました。こうしておけば、実が樽《たる》のように大きくなってもだいじょうぶです。いやいや、それどころでありません。その実は、そのときもう樽のようになっておりました。樽も樽、四斗入《といり》の樽のようになっていました。そしてまだまだぐんぐんぐんぐんぐんぐんふくらまっていきました。

「や、どうもたいへんなことになってしまった。」

金十はうろたえました。いまにやぐらが金色《きんいろ》のまんまるい家《うち》のような実の下でおしつぶされてしまうかもしれません。といったところでもういまとなっては、どうすることもできません。

それを見上げて、はあー、はあーと大息《おおいき》をついているばかりです。ところが、またふしぎなことがおこりました。おとな三人で、やっとかかえられるくらいの大きさになったときでした。その実《み》はふと大きくなるのをやめました。

「ああ、やれやれ。」

金十《きんじゅう》はやっと安心《あんしん》しました。安心すると、いちじにつかれがでてきました。そこにたっておれないほど、からだがだるくなってきました。そこで、

「なにもかもあすのことだい。」

そんなことをいって、また家《うち》のなかの窓《まど》のそばにかえっていきました。そこでよこになってねむろうとしたときであります。ドシーンと大きな音がそとでしました。びっくりしてのぞいてみると、おやおや、こんどは大きなながまが一ぴき、金《きん》の実《み》の下におおように両手《りょうて》をついて、目をパチクリやりながら

ひかえております。
「ハッハハハハ。」
金十《きんじゅう》はついわらいだしてしまいました。がまのようすがなんとしてもおかしいのです。しかしがまはニッコリともせず、両手《りょうて》は両方《りょうほう》にひろげてついたまま、すましかえってうごきません。どうしようというのでしょう。あの大きな口をあけて、金の実《み》をパクリと一口《くち》にやってしまおうというのでしょうか。いいえ、そうではありません。そのときれいのやぶかげから一ぴきのおおぎつねがピョンと一はねとんでて、金《きん》の実《み》のやぐらの上にはねあがりそうにいたしました。と、これを見たがまが、ワッと大きな口《くち》をあけました。きつねの十ぴきもはいりそうな大口《おおぐち》です。や、これを見たきつねがいっぽうどんなにおどろいたことでしょう。キャンとなき声をだすといっしょに、またもとのやぶの中へ大急《おおいそ》ぎではねいってしまいました。

きつねがはいると、こんどこそというのでしょうか、三メートルもある一ぴきのだいじゃががまのうしろからそろりそろりとはいよりました。するとこんどはがまがよちよちとむきをかえて、へびのほうにむいたとおもうと、やはり大きな口をパクッとあけました。へびもまたおどろきました。おこしていたかまくびを宙《ちゅう》に高くたてましたが、それとどうじに、やはりもときたほうへ、とびつくようにはねいりました。

つまりがまはどこからきたのか、この金の実の番《ばん》をひきうけることになったのです。

これを見ると、金十《きんじゅう》はいっそうつかれがましてきてもうたってもいてもならなくなり、とうとうそこによこになり、月の光にてらされながら、ぐうぐうぐうぐういびきをかいて、ふかいねむりにはいりました。

ところで、どうでしょう。いままでのことはすべて金十のゆめではありますまいか。ゆめでなければ、目がさめても、その金《きん》の実《み》があるわけですが。

あるでしょうか？

ないでしょうか？

どっちでしょうか？


（おわり）

# 月と水

原《はら》　勝利《かつとし》

お月さま出すな、
お月さま出すな。
　水が一生《いっしょう》けんめい
　おさえてた。
放《はな》してちょうだい、
放してちょうだい。
　お月さまそろそろ
　のぼってく。
お月さま待《ま》って、
お月さま待って。
　水は泣《な》き泣き

たのんでた。
明日《あす》の晩《ばん》ね、
明日の晩ね。
　お月さまとうとう
　水を出る。
着物《きもの》をちょうだい、
着物をちょうだい。
　水は着物を
引っぱった。
お月さまはだか、
お月さまはだか。
　着物かぶって
　水踊《おど》る。

# 正坊《しょうぼう》とクロ

新美南吉《にいみなんきち》

一

村むらを興行《こうぎょう》してあるくサーカス団《だん》がありました。十人そこそこの軽業師《かるわざし》と年をとった黒《くろ》ぐまと馬《うま》二頭《とう》だけの小さな団《だん》です。馬は舞台《ぶたい》にでるほかに、つぎの土地へうつっていくとき、赤いラシャの毛布《もうふ》なぞをきて、荷車《にぐるま》をひくやくめをもしていました。

ある村へつきました。座員《ざいん》たちは、みんなで手わけをして、たばこ屋《や》の板《いた》かべや、おゆ屋のかべに、赤や黄色《きいろ》ですったきれいなビラをはって歩きました。村のおとなも子どもも、つよいインキのにおいのするそのビラをとりまいてお祭《まつ》りのようによろこびさわぎました。

テントばりの小屋《こや》がかかってから、三日目のおひるすぎのことでした。見物《けんぶつ》席《せき》からわあっというかんせいといっしょにぱちぱちとはくしゅの音がひびいてきました。すると、ダンスをおわったお千代《ちよ》が、うすいももいろのスカートをひらひらさせて、舞台《ぶたい》うらへ、ひきさがってきました。つぎはくまのクロがでるばんになっていました。くまつかいの五郎《ごろう》が、ようかん色《いろ》になったビロードのうわぎをつけ、ながぐつをはいて、シュッシュッとむちをならしながら、おりのそばへいきました。

「さあ、クロ公《こう》、出番《でばん》だ。しっかりたのむよ。」と、わらいながら、とびらをあけましたが、どうしたのかクロは、いつものようにすぐにたちあがってくるようすがみえません。おやと思って五郎《ごろう》がこごんでみますと、クロはからだじゅうあせだくになって、目をつむり、歯《は》をくいしばって、ふとい息《いき》をついているのです。

「たいへんだ、団長《だんちょう》さん。クロがはらいたをおこしたらしいです。」

団長もほかの座員《ざいん》もドカドカとあつまってきました。五郎は団長と二人がかりで、竹《たけ》のかわでくるんだ黒い丸薬《がんやく》をのませようとしましたが、クロはくいしばった口からフウフウあわをふきふき、首《くび》をふりうごかしてどうしても口をひらきません。しばらくしてピリピリッとおなかのあたりが波《なみ》をうったと思いますと、クロは四つんばいになって、おりの中をこまのようにくるいまわりました。それから、わらのとこにドタリとたおれて、ふうっと大きく息をふいて、目をショボショボさせています。

見物席《けんぶつせき》のほうからは、つぎのだしものをさいそくするはくしゅの音がパチパチひびいてきます。そこで、とうとう道化役《どうけやく》の佐吉《さきち》さんが、クロにかわって、舞台《ぶたい》にでることにしました。そのとき、だれかが、

「正坊《しょうぼう》がいたら、薬《くすり》をのむがなぁ。」と、ため息《いき》をつくようにいいました。団長《だんちょう》は、

「そうだ。お千代《ちよ》、正坊《しょうぼう》をつれてこい。」とふといだみごえで命《めい》じました。お千代は、馬を一頭《とう》ひきだしてダンスすがたのままひらりとまたがると、白いたんぼ道を、となり村へむかってかけていきました。

二

正坊は初日《しょにち》のはしごのりで、足をひねってすじをつらせ、となり村の病院《びょういん》にはいっているのです。

正坊《しょうぼう》の病室《びょうしつ》の窓《まど》ぎわには、あおぎりが葉《は》っぱをひろげて、部屋《へや》の中へ青いかげをなげいれていました。正坊は白いねまきのままベッドの上にすわって、あおぎりの幹《みき》は象《ぞう》の足みたいだなあと思いながら、ガラスのむこうをながめていました。すると門《もん》のほうでひづめの音がしました。やがてだれかがろうかをつたわってこちらへやってくるようです。ドアのむこうにお千代《ちよ》の顔を見つけだすと、正坊はとびあがってよろこびました。

「ねえさん、ぼく、もうなおったよ。さっきもここでとんぼがえりをうってみたの。」

お千代は、いつも正坊を、ほんとうの弟のようにかわいがっているのでした。

「へえ、はやくなおってよかったわね。あのね、正《しょう》ちゃん、たいへんなのよ。クロが腹《はら》いたをおこしちゃって、お薬《くすり》をのませようとしてものまないの、みんなこまってるの。だから正ちゃんをよびにきたのよ。」

「クロが？　ではぼく、かえる。もうすっかりいいんだもの。」

二人は院長《いんちょう》さんにおゆるしをいただいて、いっしょに馬にのってかえっていきました。かんごふさんは門《もん》のそとまでで見おくってくれました。

三

「クロ、ぼくだよ。クロ。」

正坊《しょうぼう》は手のひらに丸薬《がんやく》をのせて、右手でかるくクロの鼻《はな》の上をなでさすりました。クロはさっきよりは、いくらかおちついていましたが、でも目のいろは、まだとろりとうるんで、生気《せいき》がありません。ふうふういきをするたびに、鼻《はな》さきのわらくずがうごきます。

正坊《しょうぼう》はふと思いついて、「ゆうかんなる水兵《すいへい》」の曲《きょく》をウウウウウウとうたいだしました。

それはいつも正坊とクロが舞台《ぶたい》にでていくときのたのしい曲《きょく》なのです。クロは正坊の歌声《うたごえ》をきいて、しばらく耳をピクピクさせていましたが、やがて、ヒョコリとたちあがりました。正坊がすかさず手のひらの丸薬《がんやく》を口の中へおしこむと、クロはぞうさなくペロリとのみこみました。

こんなことがあってから、正坊とクロとは、まえよりもまたいっそうはなれられないなかよしになり、見物人《けんぶつにん》からも団《だん》の人気《にんき》ものにされました。

これも、やはり、ある村で興業《こうぎょう》していたときでした。いつも正坊やクロといっしょにでて、喜劇《きげき》をする道化役《どうけやく》の佐吉《さきち》さんが、一座《ざ》からぬけて、にげだしてしまったのでそのかわりを、ふとった団長《だんちょう》がつとめることになりました。

「クロ、でる番《ばん》だよ。」

正坊《しょうぼう》はクロをおりの中からだすと、れいによって鼻《はな》のうえをなでさすりながら、クロのだいすきなビスケットを口の中へいれてやりました。

舞台《ぶたい》では留《とめ》じいさんが「ゆうかんなる水兵《すいへい》」のラッパをならしはじめました。

ラロララ、ラララ、

ラロ、ラロ、ラ、

ラロララ、ラロラ、

ラロ、ラロラ。

ラロ、ラロ、ラロラ、

ラロ、ラロ、ラ。

正坊は白い鳥のはねのついた軍帽《ぐんぼう》をかぶり、金《きん》ピカのおもちゃの剣《けん》をこしにつるして、将軍《しょうぐん》になりすましで、クロのせなかにのっかりました。クロはラッパの音に歩調《ほちょう》をあわせてげんきよく、舞台《ぶたい》へでていきました。

「あらわれましたのは、ソコヌケ将軍と愛馬《あいば》クロにござぁい。」

留《と め》じいさんが口上《こうじょう》をのべますと正坊《しょうぼう》はクロのせなかから、コロリところげおちてみせました。見物《けんぶつ》はどっとわらって手をたたきました。

「将軍はただいまから、盗賊《とうぞく》たいじに出発《しゅっぱつ》のところでござぁい。」

クロが、ああんと赤い口をあけました。将軍の正坊は、クロのせなかにまたがったまま、ポケットからビスケットをつかみだして、口の中へいれてやりました。クロは正坊の手首《てくび》までくわえてしまいました。正坊は目をパチクリさせて、またクロのせなかからおっこちてみせて、見物をよろこばせました。

やがて賊《ぞく》にふんした団長《だんちょう》が、銀紙《ぎんがみ》をはった、キラキラした大太刀《おおだち》をひっつかんででてきました。正坊のソコヌケ将軍はそれをみると、おどろいて、ブルブ

ルふるえながら、剣《けん》をほうりだして、クロの首《くび》っ玉《たま》にしがみつきました。見物《けんぶつ》の子どもたちがまたどっとこえをあげてわらいました。

「こらっ。」

団長《だんちょう》は、つけひげをつけた、ひげだらけの顔に、するどく、とがった目をむいて、みがまえをしました。クロはちらっと団長のそのおそろしい顔を見ました。それは団長がいつも正坊《しょうぼう》をおこりつけるときの顔でした。そこでクロはてっきり、団長がいつものように、ほんとにおこって正坊《しょうぼう》を竹《たけ》のかたなでなぐりつけるのだと思いました。

「こらっ。」

団長《だんちょう》はまた、太刀《たち》をふりかぶりました。と、クロは、ウワウッと一こえほえるといっしょに、正坊のからだをかるがるとくわえて、あっというちに、見《けん》物《ぶつ》の中をかけぬけて、テントのそとへとびだしてしまいました。これには見物も団長も留《とめ》じいさんもあっけにとられてしまいました。正坊もびっくりしてしまいました。

やがてテントのそとの原《はら》っぱにおろされると、正坊はクロの頭やせなかをやさしくなでまわして、なだめすかしました。そしてやっと、舞台《ぶたい》へつれてかえると、まず見物席《けんぶつせき》にむかっておわびをいい、賊《ぞく》のすがたの団長にあやまりました。見物はかえって、やんやとはしゃぎさわいでよろこびました。団長は舞台のうしろでにがわらいをしていました。

# 四

小さなサーカスは村むらをねっしんにうってまわりましたが、みいりは、ほんの、みんなが、かつかつ食べていけるだけの、わずかなものでした。

そのうちに一頭《とう》の馬が病気《びょうき》で死《し》んでしまいました。

「おしいことをしたなぁ。」と団長《だんちょう》をはじめ、留《とめ》じいさんもお千代《ちよ》も正坊《しょうぼう》も五郎《ごろう》も馬の死《し》がいをとりまいてなげきました。

それから一月《ひとつき》もたったある朝、目をさましてみると、団長と、お千代と正坊の三人きりをのこして、ほかの軽業師《かるわざし》はみんな小屋《こや》をにげだしていました。これではいよいよ興業《こうぎょう》をすることができなくなりました。団長もしかたなくわかれわかれになることに話をきめました。

クロはおりにいれられたまま、車にゆられて、町の動物園《どうぶつえん》に売られにいきました。

正坊《しょうぼう》とお千代《ちよ》は、のこった一頭《とう》の馬《うま》と、テントやテーブルやいすなぞを売りはらってできたお金《かね》をもらいました。

「団長《だんちょう》さんはなんにもなくなってどうするの。」と正坊がたずねますと、団長はさびしそうにわらって、

「なんにもなくって家をでたんだから、なんにもなくって家へかえるんだよ。」

といいました。団長は町の警察《けいさつ》にたのんで、正坊とお千代をメリヤス工場《こうば》へすみこませてもらいました。

# 五

クロは町の動物園《どうぶつえん》にかわれるようになってからは、まい日、力のない目で、青い空のほうばかりを見あげていました。正坊やお千代さんはどうしているん

だろうなぁ、もういちどあって、あの「ゆうかんなる水兵《すいへい》」の曲《きょく》がききたいなあと、そんなことを思いつづけてでもいるような、かっこうでした。

おりのまえにはまい日いろんな着物《きもの》をきたいろんな子どもたちがたちふさがりました。クロは正坊《しょうぼう》やお千代《ちよ》さんがもしかきているかもしれないと思って見まわしました。それは、正坊だったら、赤と白のダンダラ服《ふく》をきているから、すぐわかると思ったからでした。ゆめのようにボンヤリそんなことを思いつづけているとき、すぐ鼻《はな》のさきで、

「クロ。」とよぶ、ききなれたこえがひびきました。クロはものうい目をあげてこえのするほうをのぞきました。

ウウウウ、ウウウウ、

ウウウウウ。

ウウウウ、ウウウウ、

ウウウウ。
と正坊《しょうぼう》は「ゆうかんなる水兵《すいへい》」の曲《きょく》をうなりだしました。クロはきゅうにからだじゅうに血《ち》がめぐりだしてきたように、いさましく立ちあがって、サーカスでしていたときのように、歩調《ほちょう》をとって、おりの中をあるきまわりました。それから金棒《かなぼう》のあいだから口をだして、なつかしそうに、正坊のほうをあおぎ見ました。ダンダラの服《ふく》はきていませんでしたが、正坊にちがいないことがわかると、クロはウォーンウォーンと、のどをしぼるような、うれしなきのさけびをあげました。

正坊はニコニコしながら、ふくろからビスケットをつかみだして、クロの口の中へいれてやり、なんどもなんども鼻《はな》のうえをなでてやりました。

正坊のうしろでは、お千代《ちよ》がなみだぐんだ目をして見ていました。二人は、はじめての定休日《ていきゅうび》にクロを見にきたのでした。

（おわり）

# てんぐわらい

豊島与志雄《とよしまよしお》

## 一

むかし、ある山すそに、小さな村がありました。村のうしろは、大きな森から山になっていまして、まえは、広《ひろ》い平野《へいや》に美しい小川が流れていました。村の人たちは、平野をひらいてこくもつややさいをつくったり、野原《のはら》に牛《うし》や馬《うま》をかったりして、たのしく平和《へいわ》にくらしていました。

村の人たちはみななかよしでした。それで、子どもたちもみなお友だちでした。おとなたちが田《た》んぼや牧場《ぼくじょう》ではたらいているあいだ、子どもたちはいっしょにあつまってなかよく遊《あそ》びました。

ある夏の初め、子どもたちはいつものようにいっしょにあつまって、村のうしろの森のはずれの原《はら》っぱで、土もりをしたり、わなげをしたりして遊んでいましたが、それにもあきてくると、ちかごろはやりだしたにらめっこをはじめました。それは遠くの町からつたわってきた遊びで、これまでまだ村には知られてなかったのです。新しい遊びなだけに、子どもたちはひじょうにおもしろがりました。

「にらめっこしようか。」

「しよう。」

原っぱの中にみんなはまるく輪《わ》をつくってすわりました。そしていっしょにいいました。

だるまさん、だるまさん、
にらめっこしましょう、
わらうとぬかす、
一二三……うむ。

うむ……とき ばって、息《いき》をつめて、両手《りょうて》をひざについて、目をみはって、おかしな顔《かお》つきをしながら、ほかのものをわらわそうとするのです。はじめにぷーっとふきだしたものは、すぐにぬかされて、また「だるまさん」がはじまります。そしていちばんおしまいまでのこったものが勝《か》ちなのです。

子どもたちはそれをなんどもくりかえしました。

いくどめかにまたみんなで、「だるまさん、だるまさん」をやりだしたときです。ふいに、頭《あたま》の上で、空のまんなかで、わははははははと大きなわらい声がし

ました。

おや……と思って、息《いき》をつめたままで、上を見あげますと、森の上からぬーっと大きな顔《かお》がのぞきだして、それが空いっぱいの大きさになって、家のように大きな目と鼻《はな》と口とで、わはははははとわらっています。とすぐに、その顔もわらい声もきえてしまって、日の光のきらきらしている青い空ばかりになってしまいました。

「なんだろう。」

みんなびっくりして、それからふとこわくなって、村の中へにげかえりました。

二

そういうことがときどきおこりました。うっかり「だるまさんのにらめっこ」

をしていると、空いっぱいの大きな顔《かお》が頭《あたま》の上で大きな声でわらうのです。びっくりして見あげると、そのとたんに顔もわらい声もきえてしまうのです。

はじめ子どもたちはそれをこわがりましたが、だんだんなれてくると、かえっておもしろくなってきました。顔がでてこないと、なんだかさびしいような気さえしました。

「きょうはきっとあの顔がでてくるよ。」

「でてくるかしら。」

「でてくるとも、でてくるまでやろうや。」

そしてみんなで、村のうしろの森はずれの野《の》原《はら》にあつまって、まるく輪《わ》になってすわりながら、「だるまさんのにらめっこ」をはじめました。が、なんどやっても、空いっぱいの大きな顔がでてきませんでした。みんなはいじっぱりになってなおやりつづけました。

するうちに、いつのまにどこからきたのか、見なれない子どもが一人、よこのほうにつっ立って、にこにこしながらみんなの遊《あそ》びを見ています。

みんなはふしぎに思って、その子どもをとりまきました。こくもつややさいや牛《うし》や馬《うま》を買《か》いにくる商人《しょうにん》のほかは、めったによそから人がきたことのない、へんぴな村なんです。それなのに、ひょっこり子どもが一人でてきたのです。

「君《きみ》はだれだい。」

「どこからきたんだい。」

「なにしにきたんだい。」

「一人できたのかい。」

そんなふうに、みんなはかわるがわるたずねました。けれどその見なれない子どもは、なんにもこたえないで、ただにこにこわらっているばかりでした。

そしてやがて、ふいにいいだしました。

「ぼくもにらめっこにいれてくれない。」

「ああいいとも。」

みんなはよろこびました。そして見なれない子どもといっしょに、また「だるまさん」をはじめました。

ところが、その見なれない子どもがつよいのなんのって、どんなおかしな顔《かお》をしてもわらわないんです。二十人《にん》もいたものが、一人ぬかされ二人ぬかされしてしまいには、いちばん強《つよ》いので「鬼瓦《おにがわら》」とみんなからあだなされてる子どもと、見なれない子どもとの、二人っきりになりました。

「鬼瓦《おにがわら》しっかりやれよ。」

「はじめてきたものに負《ま》けるな。」

村の子どもたちはそういって、わいわいはやしたてながら、二人のまわりをとりかこみました。二人はきちんとすわって、ひざの上に両手《りょうて》をにぎりしめて、

みがまえをしました。
だるまさん、だるまさん、
にらめっこしましょう、
わらうとぬかす、
一二三……うむ。
まわりのものまでみんな息《いき》をつめました。二人はじっとにらめっこをして、どちらもわらいだしません。「鬼瓦《おにがわら》」はほんとに鬼瓦《おにがわら》のような顔《かお》つきをしてみせましたが見なれない子どもはびくともしませんでした。そうしてるうちに、ふいに、見なれない子どもの鼻《はな》がぴくぴく動《うご》きだしました。が「鬼瓦《おにがわら》」のほうもわらいだしません。するとこんどは、ぴくぴく動《うご》きだした鼻《はな》が、ぬーっと長くのびだしました。見ていたものはびっくりしました。が、「鬼瓦《おにがわら》」はまだわらいだしません。するとこんどは長くのびでた鼻が、「鬼瓦《おにがわら》」の鼻さきまでやってきて、ゆらゆらふらふらとおかしなかっこうでおどりだしました。

とうとうたまらなくなって、「鬼瓦《おにがわら》」はぷーっとふきだしました。みんなわっとはやしたてました。が、ふしぎなことには、見なれない子どもの鼻は、勝《か》つがはやいかすっとひっこんで、もとのとおりになってしまいました。

「ずるいや、ずるいや。鼻をあんなにのばすなんて、ずるいや。」

「鬼瓦《おにがわら》」はそういってつめよってきました。みんなもそれに味方《みかた》しました。

「鼻をのばしといておどらせるのはずるい。」

見なれない子どもは、ただにこにこわらっていましたが、みんなからずるいずるいとあまりいわれますと、それじゃもいちどやりなおそうといいました。

みんなもさんせいしました。

「やりなおそう、はじめから……。鼻《はな》をのばすのはなしだよ。」

そしてまたみんなはいっしょに、「だるまさん、だるまさん」をはじめました。ところが、さいしょにわらいだしたものからじゅんじゅんに一人ぬけ二人ぬけしていくうちに、いつのまにか、見なれない子どものすがたがきえてしまったのです。

「おや、あの子どもはどこへいったろう。」

「いない。きえちゃった。」

みんなはきょとんとしてしまいました。いくらさがしてもどこにも見えません。

「わはははは……。」

頭《あたま》の上でわらい声がしましたので、見上げてみると、空いっぱいの大きな顔《かお》がわらっています。かと思うまに、すぐにきえてしまって、青あおとうち晴《は》れた大空ばかりになりました。

みんなはぼんやり空を見あげていましたが、つぎにはおかしくなって、くくくっと、それからあははははっと、声をそろえてわらいだしました。

三

子どもたちはおもしろがって、その話を村のおとなたちにしました。おとなたちのほうでは、そんなことがあるものかと思って、はじめはほんとうにしませんでしたが、子どもたちがみなほんとうだといいますし、見なれない子どもがでてきえたことなど聞《き》くと、そのままうっちゃってもおかれないと思いはじめました。なぜなら、それをなにかあるわるい鬼《おに》のせいだと考えたのです。

「それはわるい鬼《おに》にちがいない。わるい鬼がやってきて、子どもをさらってゆくつもりで、はじめはまずそんなふうに、子どもをだまかしてるんだ。」

「そんなことはないよ。もし鬼だったら、おもしろいよい鬼だよ。」

そう子どもたちはいいはりましたが、おとなたちはききませんでした。そして鬼たいじをはじめることにそうだんをきめました。

子どもたちはかなしくなりました。けれど、おとなたちがむりにいうものですから、しかたなしにれいのところへいって、「だるまさん」をはじめました。

おとなたちは、そうして子どもたちを遊《あそ》ばしといて、自分たちのほうは、まだてっぽうのないころでしたから、ゆみや石《いし》なげ機《き》械《かい》やかたなやぼうなど、てんでになにかぶきを持って、森の木のかげや村の家のかげなんかにかくれて、いまに鬼がでてきたら、うちころすか、しばりあげるかしてやろうと、じっとまちかまえました。

子どもたちはいやでいやでたまりませんでした。あんなおもしろい鬼《おに》をわるい鬼だなどといっておとなたちがそれをまちぶせしてるのが、気になってしょうがありませんでした。それでもおとなたちのいいつけですから、どうすることもできないで、心《こころ》ならずもにらめっこをしました。だけど、もうわらうものなんかあまりなくて、長くにらめっこをしてると、わらうかわりになきだすものさえありました。

するうちに、だんだん子どもたちはやけになってきました。みんな立ちあがって、わになってぐるぐるまわりながら、大声にどなりました。

だるまさん、だるまさん、

にらめっこしましょう、

わらうとぬかす、

一二三……うむ。

うむ……ときばって、立ちどまってにらめっこをします。がだれもわらいだすものがありません。でまたぐるぐるおどりまわって「だるまさん、だるまさん」をくりかえします。そのちょうしがしだいにはやくなって、もうおどりっこをしてるのか、にらめっこをしてるのかわからなくなって、むちゅうにぐるぐるまわりました。

と、とつぜん、わはははははと大きなわらい声がしました。はっと思って見あげると、空いっぱいの大きな顔《かお》がわらっています。かと思うまにきえてしまって、しいんとなりました。とこんどは、はははは大ぜいのわらい声が聞《き》こえました。おとなたちがぶきを手にしたまま、ぼんやり空を見あげて、声をそろえてわらっているのです。

おとなたちははじめ、その空いっぱいの顔の鬼《おに》をたいじるつもりでしたが、子どもたちのにらめっこやおどりっこがあまりおもしろいので、それに気をとられてるうちに、いきなり空いっぱいの顔《かお》がでてきておおわらいをし、すぐにきえていって、まっさおな大空と美しい日の光とだけになってしまったものですから、ぽかーんとして、思わずわらってしまったのです。

それを見ると、子どもたちもわーっとわらいだしました。

そのご、空でわらうのはきっとてんぐだろうとだれかがいいだしました。そしてそれをてんぐわらいとみんなはいうようになりました。夏の晴《は》れた日なんか、野《の》原《はら》に出て、「だるまさん、だるまさん」をやりながら、日の光のぎらぎらした青い空を見てると、空いっぱいの大きな顔でわはははははと、てんぐわらいをすることがあるそうです。

（おわり）

# お山の大将《たいしょう》

西条《さいじょう》八十《やそ》

お山の大将《たいしょう》
おれひとり、
あとからくるもの
つき落《おと》せ。

ころげて、落《お》ちて、
またのぼる
あかい夕日《ゆうひ》の
丘《おか》の上。

子ども四人が
青草《あおくさ》に
あそびつかれて
ちりゆけば。

お山の大将《たいしょう》
月ひとつ、
あとからくるもの
夜ばかり。

# 大時計

今井《いまい》鑑三《かんぞう》

一

唱歌《しょうか》の宮川《みやがわ》先生は、きょうは時間をすこし早くきりあげて、青いはかまをゆらつかせて、しずかにピアノからお立ちになり、

「では、このまえのおやくそくどおりに、お話をしてあげましょう。」と、おっしゃいました。みんなは、

「わあっ。」といってぱちぱち手をたたきました。そしておおいそぎで唱歌帳《しょうかちょう》をしまいこんで、おたがいにしっしっと制《せい》しあったり、早くはやくといわないばかりに、からだをのしあげてさいそくしたりして、はずみこんでいました。

お話は、わるいまほうつかいのおばあさんが、ある王さまの二人の王女をさらってきて、じぶんの森の中の大時計のかかっている塔《とう》の中へとじこめて、年上の王女には、やみまなしに、大時計の針《はり》を一分ごとに動《うご》かさせ、年下の王女には、夜昼つづけて、時間のかねをならすという、つらいやくめをさせていました。すると、のちに一人のいさましい王子が、その、ものがなしいかねの音《ね》をききつけて、森へくぐりいり、塔にのぼって、二人の王女を見つけてすくいだすというお話でした。

みんなは、しいんとして聞《き》きました。だれもが、めいめいに、まほうつかいや、王女たちや王子の姿《すがた》をぼんやりと目に見ていたにちがいありません。お話がすんで、みんながほっとよろこんだとき、「先生、じゃあ、あすこの教会《きょうかい》の大時計の針《はり》も、だれか中にいて動《うご》かすんですか。」と聞《き》いたものがあります。みんなはいっせいに、そのほうを、ふりむきました。見ると、いつも、とっぴなことをいって人をわらわせる山野《やまの》くんです。みんなは「またか。」というような顔《かお》をして、どっとわらいました。けれど山野くんは、おおまじめで、

「だって、あの教会《きょうかい》の大時計を見ていると、長い針がね、グークッーッと、人が手で動かすように、動くんです。」

「そりゃあ、機械《きかい》にきまってるじゃないか。」と、ぼくのよこにいた島本《しまもと》くんがいいました。

「だってきみ、あの、大時計には、だいいちネジをいれるあながないじゃないか。どっから、ネジをかけるんだい。」と、島本くんのほうへ山野くんはむきな

雲
空

おって、口をとがらせました。

教室《きょうしつ》じゅうは、ざわざわしだして、きかい、ネジ、まほうつかい、ゼンマイ、などという声が、そこここに聞《き》こえました。

宮川《みやがわ》先生は、にこにこして、だまって聞いていらしったが、やがて、「しずかに。」と、みんなをなだめて、

「じつは、先生にもわかりませんの。ほんとに、山野《やまの》さんがおっしゃったように、人が、動《うご》かすのかもしれませんわね。島本《しまもと》さんあの時計の中をごらんになったことがある？」とお聞きになりました。なるほど島本くんのお父さんはあの教会《きょうかい》の牧師《ぼくし》さんです。

「ぼく？　ありません。」と島本くんはこたえました。

「では先生も、しらべてみましょう。きょうは、これでおしまい。」と、おっしやったので、みんなは立ちあがりました。

ちょうど、そのとき、大時計が二時を打《う》つ音がかすかに聞《き》こえました。先生もみんなも、それを聞いてほほえみました。

二

山野《やまの》くんと、島本《しまもと》くんと、ぼくとは、いつのまにか教会《きょうかい》のまえにきかかりました。高いポプラの並木《なみき》の上に、白いペンキでぬった四角《しかく》い時計台が、がっしりと、高くそびえています。日をうけた西の一面《いちめん》だけが、あかるくかがやいていました。

「二時二十分だ。」島本くんがいいました。

「ね、じっと見ていたまえよ、長い針《はり》をね。」

山野くんは、ずっと道のはしへよりながらいいました。

ぼくらは、目をみはって、時計盤《とけいばん》を見つめました。一分、二分とたったよう

ですが、しかし針《はり》は、なかなか動《うご》きません。時計がとまっているんじゃないかしらと思ったとき、

「動く、動く。」と島本《しまもと》くんが声をあげました。長い針は、グググッと進《すす》んで、いきなり二十五分のところまでいくと、ガクンと、とまりました。

「あっ、ほんとに、だれかが中で動かしてるようだね。」と、思わずぼくはいいました。

「そうだよ、きみ。ね、うちの柱時計《はしらどけい》なんかは、あんなに、やけにがくりと動きゃしないもの。」

山野《やまの》くんは、とくいそうにいいました。

とちゅうで、山野くんとわかれてからも、島本くんとぼくとは大時計のことばかりいいあっていきました。

「どうも、わからないね。きみも人が動かすんだと思うのかい？」と島本くん

がききます。

「ん、そんな気がするよ。」

ぼくは、さっきから、どうも、そうらしいと思いかけていたので、そうこたえました。

「だって、あの大時計は、一分だって、くるいやしないよ。だれでもみんな、あの大時計に時間をあわせるんだもの。とても人間じゃないよ。」と島本《しまもと》くんはあまり考えこんだせいか、ちょっと赤らんだ顔《かお》をしていいました。

しばらくして、島本くんは、だしぬけにいいました。

「ああそうだ、あすは日曜《にちよう》だ。きみ、あすの朝教会《きょうかい》へこいよ。二人で、あの大時計のところへのぼってみようよ。」

「大時計のところへ？」

ぼくは、島本くんのいうことが、あんまり、とっぴだったので、おもわず立

ちどまってしまいました。

「のぼっていけるんだよ、あそこへは。ぼくは、あすこへいく道だけなら知ってらあ。」島本《しまもと》くんはおちついていいました。

「でも、しかられたらどうする。」と、ぼくはしんぱいそうにいいますと、

「だいじょうぶだよ。だれも見ていやしないから。もしかしかられたら、お父《とう》さんにあやまればいいんだよ。」

島本くんはこういって、もういちど、遠い時計台をふりかえりました。

ぼくは、この、すばらしい思いつきに、

むねがおどるようで、いつのまにか、二人で足なみをそろえて走るように歩きだしました。せなかのランドセルの中で、筆入《ふでい》れが、ごとごと音をたてました。

三

さんび歌《か》がひとつすむと、島本《しまもと》くんとぼくとは、めくばせをしあって、こっそり、廊下《ろうか》へでました。

「ついてきたまえ。」島本くんは、さきに立って歩きだしました。二人は、まず二階《かい》へあがって、それから、こわごわ戸《と》をあけては、いくつも部屋《へや》をとおりこしました。

「ここからだ。」島本《しまもと》くんが立ちどまっていいました。見ると、なるほど上へのぼる階段《かいだん》があります。下でうたっているさんび歌《か》が、風のように、ここまでもひびいてきます。

二人は、あなのような、暗《くら》い、高い階段をのぼりだしました。手すりも、なにもない、あぶなっかしい段《だん》だんです。二人とも、ぞうりをはいているのです。たまっているごみが、足の下でザラザラと、きみのわるい音をたてます。

「だいじょうぶかい？」ぼくは、上にだれかがいて、どなりやしないかと、しんぱいしました。

二人はとうとう、上の出口まできてしまいました。そこまでくると、コツコツとなにかのまわるような音やキリキリとなにかのきしる音などが聞《き》こえてきました。

「ここからが塔《とう》だ。」と、島本《しまもと》くんがいいました。二人は、まるで、おしろへでもしのびこむように、ひきしまった顔《かお》をしました。島本くんは、しずかに戸《と》をあけました。

「あっ。」とぼくは立ちすくみました。中は、うす暗《ぐら》くてよく見えませんが、なんだか、すてきに大きな機《き》械《かい》がゴタゴタかたまっていて、その中の一つ二つが、グルグル動《うご》いています。機械は、ほこりとあぶらとで黒光りにきらきらしています。

「ほら、人間なんかいやしないじゃないか。」と島本くんは、こういいい、中へはいりました。

木でつくった大きな歯《は》ぐるま、つきでている四《し》角《かく》なぼう、長く下へたれてギリギリギリギリときしみながら、一本は上へ、一本は下へと、動《うご》いているつな、こんなものが大時計の中身《なかみ》でした。

四《よ》すみにわたしてある板《いた》をつたわって、島本《しまもと》くんはドンドンぐるりをまわります。

「あぶないよ。おっこちるよ。」とぼくは、あわててよびかけました。島本くんは、

「だいじょうぶだよ。きてみたまえよ。」そうこたえたと思うと、

「あいたっ。」と、さけびました。ぼくがビクッとするまもなく、

「あたま。あたま。」といって、あたまをかかえてわらっています。見ると目のまえに、すそのひろがった、大きなかねが、機械《きかい》のあいだにつるされています。教会《きょうかい》の屋根《やね》にあげてあるかねよりも、ずっと大きく、古めかしい形や色をしています。

まんなかの歯《は》ぐるまが、グルグルまわると、それにつれて、大小の歯ぐるまがまわり、中のほうでギットン、ゴットンとなにか動《うご》きます。二人は、うすく

光のくる時計盤《とけいばん》のすきまから、外を見ました。ぼくは、

「あ、あそこだね、学校は。運動場《うんどうじょう》のポプラが見えるよ。」と島本《しまもと》くんをつっつきました。とおくの工場のえんとつから、白いけむりが、むくむくでていて、そのずっとむこうに、山がむらさき色にうかんでいます。

と、そのときをきゅうに歯《は》ぐるまがルルルッとうなるように動《うご》きました。おやと思うまに、どこからか太い鉄のぼうがつきでて、かねをびしんと打《う》ちました。

「ブォーン、ルルル…。ブォーン、ルルル…。」

二人はじぶんがなぐりつけられたように、びっくりして立ちすくみました。四角《しかく》な部屋《へや》の中がかねの音でいっぱいになって、部屋ごとふるい動くような気がしました。六つ―七つと、いつのまにか二人はかねの音をかぞえました。

「十《とお》お。――あ、十時だね。」と島本くんは小声でいいました。二人はまた、ふしぎそうに機械《きかい》を見つめました。

歯《は》ぐるまは、ときどき、ねごとのようにキイキイいったり、下へさがっているおもりが、コツリと音をたてたりします。ぼくはまったく、はじめて見る、ちがった世界《せかい》にきているような気がしました。

ぼくには、そうしていたあいだが、長い時間のように思われて、へんに、さびしくなりました。

「ね、わかったから、かえろうよ。」といって、二人でもぞもぞでようとしていたそのときです。だしぬけに、入口の戸《と》がギーッとあいて、だれかが顔《かお》をのぞけたようでした。はっと思って、ふりむくとたんに「あっ。」という小さなさけびといっしょに、戸がバタンとしまりました。

二人は、顔を見あわせました。そして、しばらくまってから、そっと、下へおりました。ぼくには、いままでの、おもしろかった、ふしぎなゆめのような思いが、きゅうにやぶれて、あたまの中を、三角帽《さんかくぼう》をかぶったまほうつかいや、

島本《しまもと》くんのお父《とう》さんや、うけもちの先生などの顔《かお》がじゅんぐりにうかんできました。

# 四

「戸《と》をあけたのは、いったいだれだったのだろう。」

ぼくは、月曜日の朝になっても、こんなことを思いながら、ぼんやりと時計台の下に立ちどまりました。大時計は、なにごともなかったように、生《い》きもののゆびのような太い針《はり》が、八時十分をさしていました。あのギリギリ動《うご》いていたつなを思いだすと、島本くんとは、だれにもいわないことにやくそくしたものの、だれかに話してみたくて、むずむずしました。しかし、もし、二人が時計台へはいりこんだことが先生にでもわかって、しかられたりしちゃ、つまらないので、やっぱり、だまっていようと、きめました。

教室《きょうしつ》へはいると、もう級《きゅう》のものはははんぶんぐらいきていて、ところどころにかたまっては、日曜日のことなどを、大声で話しあっていました。

「たしかにいるんだよ。だって、ぼくはきのうあそこへあがって見たんだもの。」

そんな声が聞《き》こえるので、ふと見ると、山野《やまの》くんが、大きく手をふりながら、みんなに話しています。

「そしてね、いきなり戸《と》をあけると、中は暗《くら》かったけれど、たしかに、だれかが動《うご》いていたんだ。だからぼくは、そのままとびおりてきたのさ。うん、それや、きみがわるかったとも。」

「じゃ、やっぱり番人《ばんにん》がいて、針《はり》を動かすのか。」

だれかがそういったとき、すみっこにいた島本《しまもと》くんが、ぼくの顔《かお》を見ながら走ってきて、

「きみっ。」というなり「うふふ。」とわらいだしました。その日は、きのうのぼ

ってきたやつは、山野《やまの》だぞといっているようです。ぼくも思わず、山野のばか、と、どなりたかったのを、じっと、こらえて島本《しまもと》くんのせなかをたたくといっしょに、わははとわらいだしました。

みんなは、びっくりして、ぎろりと、ぼくらを見ましたが、また、すぐまじめな顔《かお》をして、話しはじめました。ぼくははらのそこから、なにかがグッグッと、ふきあげてくるのを、早くふきとばしてしまいたいような気持《きもち》がしました。

それでぼくは、

「ね、きみ、キャッチボールをやろう。」といって、二人でミットをつかんで、廊下《ろうか》へころがりでました。そして、そこで、思いきり、はっはとわらいつづけました。

（おわり）

# とらとこじき

鈴木《すずき》三《み》重《え》吉《きち》

むかしインドのある村を一人のこじきがとおりかかりました。すると道ばたの空地《あきち》に、とらが一ぴき、がんじょうな鉄の檻《おり》にいれられておりました。そのとらは、これまでたびたび村へでてきて、わるいことばかりしていたのを、ようやくみんなで生《いけ》どりにして、おしこめておいたのでした。

とらはこじきがとおるのを見かけますと、

「もしもし、おじさん。」とよびとめました。

「すみませんが、ちょっと水をのんできたいから、この戸《と》をあけてくれませんか。のどがかわいてこまっているところです。あなたはいいお人らしい。どうぞちょっとあけてくださいな。」と、あわれっぽい声をだしてたのみました。

「うふん、うまいことをおいいだね。でるなりわしをころして食《く》おうというのだろう。」とこじきはわらいました。

「いえいえ、そんならんぼうなわたしじゃありません。ほんとうにのどがかわいて、くるしくてたまらないのです。後生《ごしょう》ですからちょっとだしてくださいな。」ととらはよわりはてたようにこういいました。

こじきは、しょうじきな人のいい男でしたので、それならばといってかけがねをはずして、戸《と》をひらいてやりました。すると、とらはいきなり、こじきへ食いかかろうとしました。こじきはびっくりして、

「おいおい、それはいけないいいけない。そんならんぼうな話があるものじゃな

い。きのどくだと思ってだしてあげたのに、そのわしを食《く》いころそうなんて、あんまりじゃないか。」といいました。

「なに？　おれがいったんでたいじょうはおまえを食おうと食うまいと、おれのかってだ。」ととらはごうぜんとこういいました。

「まあまあ待《ま》っておくれ。いったいどっちがまちがってるか、だれかに考えてもらおうじゃないか。二人でそこいらまでいっしょにあるいて、あった人にきいてみることにしようよ。五人のものにきいてみて、その五人がみんな、食ってもいいというなら、わしもすなおに食われてしまうよ。さあいこう。」といって、こじきはさきにたちました。

「ようし。」ととらは舌《した》なめずりをしながらついてきました。

こじきはまず第一《だい》ばんに、道ばたにいたバニアンという木のところへいって、

「もしもし、バニアンさん、いま、これこれこういうわけで、このとらがわし

を食《く》おうというのだが、いったいどっちがむりだろう？　わしはこの人のいうことをほんとうにして、わざわざ戸《と》をあけてやったのだ。」と話しました。

バニアンという木は、枝《えだ》から大きな根《ね》をおろして、それをつっかい棒《ぼう》にしながら、どんどんひろがってのびてゆく大きな木です。バニアンはけったるそうに二人を見おろして、

「それはすべて人間のほうがわるい。考えてもごらん。夏のかんかん暑《あつ》いときには、人間たちはかわるがわるわしの木《こ》かげへきて、さんざんやすんだりひるねをしたりしておきながら、夕がたかえるときには、葉《は》をむしってばらまいていったり、枝《えだ》をへしまげて実《み》をぬすんだり手のとどかない実までもとろうとして、石をなげつけたりするじゃないか。そんな、義理《ぎり》知らずの人間どもが、一人二人食《く》いころされたって、あたりまえだよ。」といいました。

「ほら見ろ。」ととらはとくいになって、さっそく食いかかろうとしました。

「いけないいけないい、まだたった一人の人にきいたばかりだ。あとの四人がなんというかわからない。」

こじきはこういってどんどん歩いてゆきますと、そのつぎには、やはり道ばたに、よぼよぼの牡牛《おうし》が力なくすわっておりました。

「おいおい、牡牛さん、これこれこういうわけだがどっちがわるいだろう。わしは、この人のためにわざわざ戸《と》をあけてやったんだのに。」といいかけました。

すると、牛はもうもうと、ものうそうな声をだして、

「そりゃ、むろん食《く》われてもしかたがあるまい。わしは年がわかくてつよかったときには、人間どものために、それこそいっしょうけんめいにはたらいてやったものだ。ところがやつらは、わしがこんなに年をとって、動《うご》けなくなると、てんで食《た》べものもくれないで、こうしてほうりだしておくのだ。ずいぶん、我《が》欲《よく》な話じゃないか。そんななかまのやつなぞは、だれかに食われてちょうどい

いのだよ。」といいました。

「ほらみろ。」ととらは、すぐに食《く》いつこうとしました。

「いや、まだまだ。まだもう三人の人にきいてみなくちゃきめられない。」

「ちょっ、なんだ。」と、いいいいとらはまたついてきました。そうするとこんどは空の上にわしがひくくまいまいしていました。

「もしもしわしさんちょっと。」とこじきはそのわしをよびとめてききました。

するとわしは、

「そりゃ食われるのがほんとうだろうよ。おれなぞはいつも空の上にいるきりで、おまえたち人間にはなにひとつわるいことをしたことはない。それだのにおまえたちは、おれのなかまを見ると、やたらにてっぽうをうちかけたり、おれたちの巣《す》を見つけてたたきおとしたり、目のあかない子どもまで、ぬすんでいったりするんだもの。」といいました。

「ほらみろ。」ととらはとびかかろうとしました。

「いやいや、まだいけない。まだ三人の人にしかききゃしない。」

こじきがこういってがんばるので、とらはしたうちをしながらまたとことこゆきました。こじきはこんどは、どろ川の中に小《こ》わにが首《くび》をだしているのを見つけて、おなじようにきいてみました。すると、小わには、

「なんだ。ぐずぐずいわずにはやく食《く》ってもらえよ。おまえたち、おれがなんのわるいこともしないのに、おれを見つけだすとすぐに、棒《ぼう》でついたり、石をなげつけたり、いろんなことをいってからかったりするじゃないか。たまにはだれかに食われろよ。」といいました。

「ほらほらみろ。もうよかろう。」

「いやいや、これでまだ四人目《め》だ。もう一人。」といってこじきは歩きだしました。しばらくゆくと、むこうから小さなひょうがのこのこでてきました。こじ

きは、

「さあ、こんどでおしまいだ。もしもしひょうさん、いまこれこれこういうことがもちあがっているのだが、どっちのいうことがほんとうだろう。わしがなさけをかけてあけてやらなかったら、檻《おり》のそとへでようたってでられなかったはずだが、どうだろう。」とききました。するとひょうは、ばかんとした顔《かお》をして、

「なんだか話がよくわかりませんが、いったい檻《おり》の中になにがはいっていたのです？」とききなおしました。

「いまいったとおり、このとらが檻《おり》の中にいれられていたのだよ。」

「だからどうしたというのです。」

「そこへおれがとおりかかると、ちょっと水をのみにだしてくれと、さもくるしそうにたのむから、かわいそうだとおもって、戸《と》をあけてやったのだ。する

とでていきなり食《く》おうとするのだもの。」

「だれがなにを食うのです？」

「このとらがわしを食うっていうんだよ。」

「へえ。どうもおっしゃることがこみいっていてよくわからない。第《だい》一その檻《おり》はどこにあったのです。どんな檻《おり》です。その檻《おり》をどういうふうにしてあけたのです。」

「じゃ、ちょっとあすこまでいってよく見ておくれよ。」と、こじきはひょうをつれてひきかえしました。

「ちょっ。わかりのわるいやつだな。」と、とらはぶつぶついいながらついてゆきました。

「ほら、この檻《おり》だ。」

「へえ、このとらさんがこの檻《おり》の中にはいっておいでになったのですね。おま

えさんが戸《と》をあけて、食《く》ってくれといったのですか。」

「じょうだんじゃない、だれが食ってくれなんていうものか。わしは、その空《あき》地《ち》のまえを、こっちから、こっちへむかって、こうとおりかかったのだ。」

「うるさいね。ひょうよ、もう食ってもいいだろう？」

「まあ、まってください、食べるのはいつでも食べられます。ただ話だけはついでによくきいておきましょう。つまり、あなたはどこにいらしったのです。」

「その中にいたのだ。」

「中のどのへんに、どういうふうにしていらしったのです。」

「ちょっ、ひちくどいやつだね。ほら。」と、とらは檻《おり》の中へとびこんで、

「ここんとこに、こう寝《ね》ころんで、あごをこの手の上にのせてこうしていたのだ。」

「そのとき戸《と》はどうなっていたのです。」

「しめてみろよ。——そうだ。そういうふうにしまっていたのだ。」

「これなら人にあけてもらわなくったって、おせばひとりでにあいたでしょう。」

「だってかけ金《がね》が、かかっているじゃないか。」

「へえ、かけ金がどうかかっていたのです。」

「おいこじき、そのかけ金をちょっとおろしてみろ。」

こじきはがちゃんとそれをかけました。

「おいとらさん。はやくでてきてお食《た》べなさい。わしはいそぎの用事《ようじ》があるからしつれいします。さようなら。こじきさんにもさようなら」と、ひょうはわらいをかみころしながら、こういってたちさりました。こじきはおおよろこびで村をでてゆきました。


（おわり）

# かいせつ ―先生、ご両親へ―

鈴木三重吉主宰《しゅさい》の児童文芸雑誌「赤い鳥」が、大正年間の児童文化にはたした役割は、すでに、歴史的な事実として、高い評価《ひょうか》をうけております。その具体的な特徴《とくちょう》を、いくつかしるしてみますと、そのころの小説家として、また、詩人として、もっとも活動していた文学者たちが、こぞって、「赤い鳥」に、童話《どうわ》や童謡《どうよう》を発表したことです。

ちなみに、その執筆《しっぴつ》作家をあげますと、「赤い鳥」の「童話童謡文学運動」に賛同《さんどう》して名をつらねた森鷗外《もりおうがい》、泉鏡花《いずみきょうか》、高浜虚子《たかはまきょし》、徳田秋声《とくだしゅうせい》、島崎藤村《しまざきとうそん》、北原白秋《きたはらはくしゅう》、小川未明《おがわみめい》、小山内薫《おさないかおる》、小宮豊隆《こみやとよたか》、野上白川《のがみはくせん》(豊一郎《とよいちろう》)、野上彌生子《のがみやえこ》、有島生馬《ありしまいくま》、芥川龍之介《あくたがわりゅうのすけ》はもちろんのこと、そのほかに、有島武郎《ありしまたけお》、秋田雨雀《あきたうじゃく》、内田百閒《うちだひゃっけん》、宇野浩二《うのこうじ》、宇野千代《うのちよ》、江口渙《えぐちきよし》、江口千代《えぐちちよ》(北川千代《きたがわちよ》)、大木篤夫《おおきあつお》、長田秀雄《おさだひでお》、加藤武雄《かとうたけお》、上司小剣《かみつかさしょうけん》、茅野蕭々《ちのしょうしょう》、加能作次郎《かのうさくじろう》、菊池寛《きくちかん》、楠山正雄《くすやままさお》、久保田万太郎《くぼたまんたろう》、久米正雄《くめまさお》、小島政二郎《こじままさじろう》、西條八十《さいじょうやそ》、佐藤春夫《さとうはるお》、鈴木善太郎《すずきぜんたろう》、相馬泰三《そうまたいぞう》、谷崎潤一郎《たにざきじゅんいちろう》、中村星湖《なかむらせいこ》、南部修太郎《なんぶしゅうたろう》、広津和郎《ひろつかずお》、細田源吉《ほそだげんきち》、細田民樹《ほそだたみき》、本間久《ほんまひさ》雄《お》、三木露風《みきろふう》、水木京太《みずききょうた》、室生犀星《むろうさいせい》、森田草平《もりたそうへい》、森田《もりた》たま、柳沢健《やなぎさわけん》、吉田絃二郎《よしだげんじろう》などなど、なお多くの文学者が協力をおしみませんでした。

　このように、これだけの文学者をそろえたことは、夏目漱石《なつめそうせき》門の逸材《いつざい》、三重吉ならではできなかったことでしょうし、また、その努力もなみなみならなかったと思われます。

　今日では、事情がすっかりかわって、いくらかの例外はありますが、児童文学作品の多くが、その専門《せんもん》作家、いわゆる児童文学作家によって書かれています。このことは、進歩といえます。が、また、「赤い鳥」のみなもとに、まなばなければならない点もあると思います。

　わが国の児童文学の草分けを、明治期の巌谷小波《いわやさざなみ》としますと、鈴木三重吉の「赤い鳥」は、それまでの、いわゆるおとぎ噺《ばなし》を、平明で、うつくしい文章表現に高めた、芸術教育の一環《いっかん》としての、童話童謡《どうわどうよう》の運動にあったのです。「赤い鳥」の童話は、創作のほかに、海外文学の移植《いしょく》としての翻訳《ほんやく》が紹介《しょうかい》されましたが、それは、前記のように、当時のもっともすぐれた第一線作家の筆になったものでした。三重吉のことばをかりますと、文章表現に、日本の子どもの鑑賞理解《かんしょうりかい》に適《てき》した、創作にひとしい苦心になった「再話《さいわ》」であって、今日の水準からしますと、異論《いろん》の出ないこともありませんが、児童文化未開時代の当時としては、大革新《だいかくしん》だったので、わが国児童文学の源泉《げんせん》は、「赤い鳥」にはじまった、といっても、いいすぎではないと思います。

この「赤い鳥三年生」におさめた童謡「サザナミ」の北原白秋は、大正七年（一九一八）七月の「赤い鳥」創刊号以来、昭和八年（一九三三）五月号まで、毎月二編以上の創作童謡を発表するとともに、大人の創作投稿《とうこう》童謡と、子どもの投稿自由詩を指導選稿《せんこう》しつづけました。「お山の大将」の西條八十は、三重吉に乞《こ》われて、初めて童謡創作の意欲《いよく》をもやし、大正七年（一九一八）九月「赤い鳥」第一巻三号から大正十年（一九二一）八月の第七巻二号までに、三十九編の童謡を発表しています。白秋と同じように二編発表した月もあったわけです。

「ボール」の小林純一《こばやしじゅんいち》、「病気の夜」の清水《しみず》たみ子は、「赤い鳥」から巣立《すだ》って、詩人として活躍《かつやく》をつづけました。「道」の与田準一《よだじゅんいち》は、この本の編纂者《へんさんしゃ》のひとりで、「赤い鳥」の編集にもたずさわり、後、日本児童文学者協会会長として尽力《じんりょく》もし、「与田準一全集・全六巻」があります。

童話「月夜とめがね」は、日本童話界の父、小川未明の代表作の一つで「赤い鳥」第九巻一号に発表されたものです。「きこりとその妹」は、「赤い鳥」に多くの名作童話劇を発表した久保田万太郎の数少ない童話の一編です。第五巻四号に発表されています。

「丘の家」の丹野《たんの》てい子（野町てい）は、三重吉門下の女流作家です。「わに」の小野浩《おのひろし》、「まほうのテーブル」の平塚武二《ひらつかたけじ》らは、「赤い鳥」の編集にたずさわった童話作家で、平塚には「平塚武二童話全集・全六巻」があります。

「正坊とクロ」の新美南吉《にいみなんきち》は、投稿《とうこう》第一作から鈴木三重吉にみとめられた「赤い鳥」出身の童話作家でしたが、その才質を惜しまれつつ夭折《ようせつ》しました。「新美南吉全集」があります。「大時計」の今井鑑三《いまいかんぞう》は「赤い鳥」後期（復刊後）に三十編近い作品を発表、主宰《しゅさい》の三重吉を助けました。「てんぐわらい」の豊島与志雄《とよしまよしお》は、小説家、翻訳家《ほんやくか》として早く世に出ましたが、童話を書くようになったのは「赤い鳥」に作品を発表したのが機縁《きえん》といいます。（編者）

付記・本巻では、読者対象を考慮し、現代かなづかいをもちい、漢字の使用も制限しました。また、本文には、今日では使用を控えている表記もありますが、作品の歴史的、文学的価値、書かれた時代背景を考慮し、原文どおりとしました。

赤い鳥の会
代　表・坪田譲治／与田準一／鈴木珊吉
編　集・柴野民三／清水たみ子

1980年2月

本巻収載作品の作者で、ご連絡先の不明な方がおられます。

ご関係者の方で本巻をお読みになり、お気づきになられましたら、小社までご連絡を頂きたく、お願い申し上げます。

◇新装版学年別赤い鳥◇

赤い鳥３年生

2008年３月23日　新装版第１刷発行

編　　者・赤い鳥の会
発 行 者・小峰紀雄
発 行 所・株式会社**小峰書店**
〒162-0066 東京都新宿区市谷台町4-15
TEL 03-3357-3521　FAX 03-3357-1027
組　　版・株式会社タイプアンドたいぽ
本文印刷・株式会社厚徳社
表紙印刷・株式会社三秀舎
製　　本・小髙製本工業株式会社

NDC918 163p 22cm


ISBN978-4-338-23203-6　落丁・乱丁本はおとりかえいたします。
http://www.komineshoten.co.jp/　JASRAC 出 0800063-801